德米安

〔德〕赫尔曼·黑塞 ◎ 著

郑萌芽 ◎ 译

江苏凤凰文艺出版社

图书在版编目（CIP）数据

德米安 /（德）赫尔曼·黑塞著；郑萌芽译 . — 南京：江苏凤凰文艺出版社，2024.4
ISBN 978-7-5594-7786-6

Ⅰ.①德… Ⅱ.①赫…②郑… Ⅲ.①长篇小说 – 德国 – 现代 Ⅳ.① I516.45

中国国家版本馆 CIP 数据核字（2023）第 098219 号

德米安
［德］赫尔曼·黑塞 著　郑萌芽 译

责任编辑	项雷达
策划编辑	林秋萍　薛　静
出版发行	江苏凤凰文艺出版社
	南京市中央路 165 号，邮编：210009
网　　址	http://www.jswenyi.com
印　　刷	北京文昌阁彩色印刷有限责任公司
开　　本	880 毫米 ×1230 毫米　1/32
印　　张	7
字　　数	110 千字
版　　次	2024 年 4 月第 1 版
印　　次	2024 年 4 月第 1 次印刷
书　　号	ISBN 978-7-5594-7786-6
定　　价	68.00 元

江苏凤凰文艺版图书凡印刷、装订错误，可向出版社调换，联系电话 025-83280257

前　言

赫尔曼·黑塞的小说《德米安》，创作于1917年，两年后以《埃米尔·辛克莱》匿名出版。"好让作者的知名度别吓跑了年轻读者"，正如托马斯·曼在这本书美版前言里所说，对一战后的年轻一代而言，它"像电流一样，精准击中时代的神经"，曼将它的影响与歌德的《少年维特之烦恼》类比。德布林认为这部作品"照见了被遗忘的不道德"，茨威格指出《德米安》奇妙地洞察了少年人的心理，荣格则将这部作品比喻为"暴风雨夜里灯塔的光"。

赫尔曼·黑塞，1877年7月2日出生于德国卡尔夫县，1962年8月9日去世于瑞士卢加诺市旁的蒙塔格诺拉。1946年获诺贝尔文学奖。

"我想要的，无非是尝试按照自己本来的样子去生活。为什么竟如此艰难？"

序

要讲我的故事,得从很久以前说起。如果可能的话,我得远远往回追溯,回到我童年的最初时光,甚至要回到我的先人们的时代。

作家们在创作小说时,往往习惯于全面又深入地理解并展演一段人类的历史,好像上帝在讲述自己的故事一样,无所遮蔽,直入人心。我做不到,其实作家也大都不具备这种能力。但比起其他作家的任何作品对于作家本人的意义,我的故事对我而言要重要得多,因为这是我自己的故事,这不是杜撰的、虚构的人,不是理想化的或者根本不存在的人,而是一个真实、独一无二、活生生的人。一个真实、鲜活的人到底是怎么样的?时至今日,我们对此的理解甚至不如从前。尽管每个人都是大自然珍贵独特的造物,但我们却使自己泯然于众人。如果我们并非真的如此独特，如果枪炮真的可以让我们当中的任何人从世界上彻底消失，那么，讲故事也不过是徒劳无功的。然而，人不仅仅作为个体存活于世上，同时他在任何情况下也是至关重要、唯一、独特的焦点；世间纷繁万象在此交汇，仅此一次，不可重复。因此，每个人的故事都是不可或缺、永恒而又神圣的。每个人只要曾经存活于世、顺应自然，那么他就是伟大的存在，值得我们用心关注。在每个人身上，灵魂幻化成形；在每个人身上，造物都在忍受苦楚；在每个人身上，生命必将得到救赎。

如今很少有人懂得，人到底是什么。许多人领悟了这一点，故而从容赴死。就像我，在写完这篇故事后，我也可以从容地面对死亡。

我不能自诩洞明世事。我只是一位探索者，从过去到现在始终是。但我已不满足于在星空之中、在书卷之间孜孜以求，而是开始聆听自己血液的喃喃低语。我的故事读起来并不轻松，它不像杜撰的故事那样甜美和谐，它既荒谬、混乱，又癫狂、迷幻，好似不再自我欺瞒的百味人生。

所有人生都是一条通向自我之路，每个人都在迷途上曲折前行。从来没有人能够成为完全、彻底的自我；尽管如此，

序

每个人都仍在努力尝试，或愚笨，或睿智，无一不按照自己的方式。每个人身上都遗留着自己诞生之时的印迹——子宫的黏液与胎衣，直至生命的终点。有些人永远不会成为人，而只能维持青蛙、蜥蜴、蝼蚁的形态，有些人则是鱼尾人身。但每个人都是大自然的造物。我们都拥有同样的出身，都源于母亲的孕育，都来自同一深渊，但每个人都从源头奋力奔向各自的目标，尽力跃出深渊。我们有可能理解彼此，然而，真正能够读懂自己的人，只有我们自己。

目 录

两个世界　　　　　　1

该　隐　　　　　　　25

强　盗　　　　　　　51

贝雅特丽斯　　　　　77

奋力破壳而出的鸟　　107

雅各布的摔角　　　　133

夏娃夫人　　　　　　163

终点也是起点　　　　197

两个世界

我的故事始于我十岁那年,当时我就读于小城里的一所拉丁语学校。

往事如香气般扑面而来,疼痛和惬意的战栗撼动着我的内心:或明或暗的巷道,交错的房屋与塔楼,纷杂的钟声与面孔,温馨、舒适的房间,抑或神秘、恐怖的房间。那气味似温暖的小屋、家兔和女仆的气息,又如家用药品和干果的味道。两个世界在此参差延伸,互为两极的白昼与黑夜在此交替更迭。

其中一个世界是我父母的家,更准确地说,那其实是我父母的世界。对我来说这个世界再熟悉不过了,它意味着母亲与父亲、慈爱与严厉、模范与学校。这个世界发散的气息,是柔和的光泽、明亮与整洁。这里有轻柔亲切的对话、白净的双手、整洁的衣物和良好的教养。在这里，人们清晨祈祷，圣诞共贺。在这个世界里，有通向未来的笔直坦途，有义务与责任、忏悔与告解、宽恕与良善、慈爱与敬重、圣经与箴言。我们也得遵循这个世界的秩序，如此人生方能保持澄明纯粹，美好且规整。

与此同时，从我们的家又延伸出另外一个世界。它风格迥异：氛围、言语、期待与要求都与我父母的世界全然不同。在第二个世界里有女仆、工匠、鬼怪故事，还有奇谈怪论。这里充斥着各种各样阴森又诱惑、恐怖又神秘的事物，例如屠宰场、监狱、酒鬼与泼妇，以及分娩的奶牛、失足的马匹，甚至盗窃、凶杀、自缢的传闻。所有这些美妙或恐怖，野蛮或残酷的故事比比皆是。也许在下一条街巷，就有警察和流浪汉在闲逛；在紧邻的庭院，就有酒鬼在殴打妻子；黄昏时分，工厂里滚出少女纺织的线团；老妇能够施展魔法，使人患病；强盗藏身于密林深处；纵火犯被乡警逮捕——这第二个躁动的世界在四处奔涌，散发气味，无处不在，却未曾光临我父母居住的房间。这样也好，我们拥有和平、秩序与安宁，义务、良知、宽恕与慈爱。而那些截然不同的东西，那嘈杂刺眼、幽暗残暴的一切，也不足为惧，因为一步之遥，人们便能随时回归母亲的怀抱，逃出生天。

最奇妙的是，这两个世界既泾渭分明却又如此亲密无间！比如我们的女仆莉娜，每到傍晚便会坐在客厅里祈祷，用她那清亮的嗓音虔诚地与我们同唱圣歌，她那洗净的双手摊放在平整的围裙上。此时，她完全属于我父母这个世界，属于我们，属于光明与真理这边。随后，在厨房或马厩里，当她向我讲无头侏儒的故事，或者当她在屠夫的肉店与邻居妇人争吵时，她就变了个人，属于那神秘莫测的另一个世界。所有人都会发生这种情况，对我而言尤其如此。诚然，我属于光明真挚的世界，我是父亲与母亲的孩子，但我耳之所闻，目之所及，到处都是另一个世界的讯息。尽管它让我感到陌生又恐惧，尽管在那里我会时常心存愧疚、惶惶不安，但我也的确生活在另一个世界里。有些时候，我甚至最喜欢生活在这禁忌的国度里，往往返回光明世界——虽然这是必要的正确选择——倒更像是倒退至乏味荒凉的境地。有时我也明白，成为像我父母那样的人，是我的人生目标，光明又纯粹，优秀又规矩。但是，在这之前，长路漫漫，我必须度过求学读书的"刑期"，参加各种考试。但这条道路总会经过另一个昏暗的世界，甚至是穿越它，一不小心人们便会沉沦其中，无力自拔。我曾满怀激情地阅读过很多这样的故事，许多青年人便是这样迷失自我。在这些故事当中，只有回归父亲的美好世界，方能获得救赎，方显伟大。我完全可以理解：这才是唯一正确的、有益的、值得追求的道路。尽管如此，故事中那些有关邪恶和迷途的内容，对我来说却是更为诱人的部分。平心而论，那些浪子最终悔过赎罪、迷途知返的结局，有时读来未免让人有点意兴阑珊。人们当然不会这样去说，甚至不会这样去想。它只作为一个微妙的暗示或可能，埋藏在人们心底或者情感深处。就像如果说到魔鬼的话，我可能会想象它在楼下的街道上，乔装打扮或是以原形示人，或在年末的集市上，或在客栈里，但绝不可能出现在我的家里。

　　我的姐妹们同样属于光明的世界。我一直觉得，她们与父母更亲近些，比我更优秀、更端庄、更完美。尽管她们也有一些缺陷和毛病，但在我看来，这些问题并不严重。我的情况不同，我常常迷恋邪恶之物，更乐于去接近那个黑暗的世界。姐妹们和父母一样，向来受到呵护和尊重。如果有人与她们发生争执，事后必然良心发现，觉得错在自己，必须乞求她们的原谅。因为侮辱她们就是侮辱她们的父母，侮辱他们的良善与尊严。有一些秘密，我宁可告诉最放荡无赖的街头混混，也不愿告诉姐妹们。好日子的时候，和风絮语、平顺安宁的日子里，我也喜欢和姐妹们一起玩耍，表现得听话乖巧、举止得体。若想成为天使，就得这么做！这也是我们追求的至高境界，幻想着自己身为天使，身边萦绕着圣洁的吟唱和迷人的芳香，享受圣诞的气氛和幸福的滋味。这一切多么甜蜜美妙。可这样的时刻实在罕见。常常在大人许可的一些纯真无害的游戏当中，我过于狂热莽撞，让姐妹们无所适从，而后引发了争吵和不悦。当怒火冲破理智时，我就会变得不可理喻、举止癫狂、口不择言，甚至在恶语相向的那一刻，我都能深切地感受到自己的行为是多么恶劣。之后我又懊恼不已，痛苦地道歉，乞求原谅。而后明亮宁静的时光重新显现，感恩且平和的幸福光芒照耀着我。这样的时光有时持久，有时转瞬即逝。

上中学时，市长和林区主任的儿子也在我们班里，他们有时也会来找我玩耍。尽管有点粗鲁，但他们仍然属于光明、正直的世界。即便如此，我还是跟那些邻家男孩关系更为密切，他们是公立学校的学生，一向被我们鄙视。我的故事便开始于其中一位邻家男孩。

在一个无所事事的下午，那时我才刚刚十岁，我与两个邻家男孩四处闲逛。这时，走来一个大男孩，他大概十三岁，身强体壮，性格粗鲁，就读于公立中学，是个裁缝的儿子。他的父亲是个酒鬼，整家人都声名狼藉。弗朗茨·克罗默，我听说过他，但也很怕他，所以不愿意他加入我们当中。他已经有些成年男子的味道，举手投足间都在模仿工厂里的青年小工。他带着我们，从桥边下到河畔，然后躲进第一个桥拱里。圆拱桥身和缓缓流动的水流之间，是一道狭窄的河岸，那上面堆满了垃圾，破瓦烂砖、生锈的铁丝团这类东西，有时也能在这里找到些有用的东西。弗朗茨·克罗默命令我们，在垃圾堆里使劲翻找，并把找到的东西交给他看。有些东西他会径直拿走，还有些他就随手扔水里。他让我们留意铅铜和锡制的东西，这些他都留下了，其中还包括一把破旧的牛角梳。在他旁边，我深感不安，并不是因为我知道，父亲如果知情的话便会禁止我们来往，而是因为我从心底里怕他。其实我很高兴他能接纳我，对待我的方式与其他人没有差别。他下令，我们便听从。这仿佛是个老规矩，虽然我才第一次与他见面。

忙完了，我们都坐在地上。弗朗茨像个男人一样，朝水里吐唾沫。他从牙缝吐出痰，瞄准目标，百发百中。我们开始闲聊,夸张地吹嘘自己在学校的英雄事迹和种种恶作剧。我沉默着,又担心这种沉默会引人注意,让克罗默不高兴。我的两个同伴,从一开始就疏远我,迎合克罗默。我在他们中间,完全就是个异类,而且我的着装和举止本来就跟他们格格不入。我就读于高级中学,出身良好,弗朗茨不可能喜欢我这种人。至于其他两位,在我看来,他们在紧要关头也会随时与我划清界限,甚至弃我于不顾。

出于内心极度的恐惧,我也不得不开口,编造自己的强盗故事,让自己成为其中的主角。我说,在埃克磨坊旁的一个花园里,我和小伙伴们有天晚上偷了整整一袋苹果,那可不是普通的苹果,而是上好的莱茵特和金冠苹果,最好的品种。通过这个故事,我得以摆脱当下的窘境,凭空杜撰是我的强项。为了不至于过早重新沉默,抑或陷入更尴尬的境地,我使出了浑身解数。我接着说,我们一个人放哨,一个人从树上往下扔苹果。最后袋子太沉,我们不得不把袋子解开,留下一半,半小时后我们又回来扛走那一半苹果。

我还期待着,故事讲完会有人喝彩。我讲得兴高采烈、兴致盎然,但那两个小男孩只是一言不发,观望弗朗茨·克罗默的态度。克罗默眯着眼睛,死盯着我,然后恐吓地质问我:"这是真的吗?"

"是的。"我回答。

"千真万确?"

"是的,千真万确。"尽管我吓得要命,还是硬着头皮保证。

"你敢发誓吗?"

我非常害怕,但还是毫不犹豫地说可以。

"那你说:'以上帝和幸福之名发誓。'"

我跟着说:"以上帝和幸福之名发誓。"

"好吧。"他嘟囔着,转过身去。

我以为事情就这样结束了。过会儿他站起身往回走,我还挺高兴。走到桥上时,我小心翼翼地说要回家了。

"别着急呀,"弗朗茨笑着说,"我们刚好顺路。"

他慢悠悠地踱着步子,我也不敢溜走。他走的确实是去我家的那条路。终于我看到了大门,望见厚重的黄铜门把手、窗口的阳光和母亲卧室的窗帘,深深地呼了一口气。哦,回家!回家,回到光明和平的幸福世界!

我赶紧打开大门,溜了进去。正要合上门,弗朗茨·克罗默竟然跟我也挤了进来。瓷砖走廊里幽暗阴冷,只见后院折射进来的一点微光,他站在我身旁,攥着我胳膊,悄声说:"别着急呀!"

我惊恐地瞪着他。他的双手像钢铁一样结实,紧紧握住了我胳膊。我在心里猜测着他的意图,怕他会不会揍我,心想如果这时候用力大喊,会有人听到马上跑来救我吗?但我终究还是没敢出声。

"怎么了?"我问道,"你想干什么?"

"没什么,我只是有事要问问你,没必要让其他人听到。"

"是吗?那你还想知道什么?你知道,我得上楼了。"

"你知不知道,"弗朗茨轻声说,"埃克磨坊旁的果园是谁家的?"

"我不知道,应该是磨坊主的吧?"

弗朗茨用胳膊圈住了我,将我拉近。这样一来,我的脸都快贴到他的脸了。他眼神邪恶,不怀好意地狞笑着,脸上满是残忍和威势。

"好吧,小朋友,我可以告诉你是谁家的。我早就知道,有人偷了那些苹果。我也知道,那个果园主说过,只要有人能告诉他谁是小偷,他就会给那个人两马克①作为奖赏。"

"上帝啊!"我喊道,"你不会告发我吧?"

我发现,寄希望于他的自尊完全是徒劳的。他来自另一个世界,于他而言,告密并不是犯罪。我非常明白,在这种事情上,来自"另一个"世界的人与我们截然不同。

"不告发?"弗朗茨大笑道,"小朋友,你以为我是个造假钱的,能自己造出两马克来吗?我是穷光蛋,不像你一样有个有钱的爸爸。既然能赚到两马克,我就不会放弃这个机会,指不定人家还会多给我点赏钱呢!"

他突然松开了我,门厅不再散发祥和安宁的气息,世界在我身旁轰然崩塌。他会举报我,我是个罪犯,别人也会告诉父亲,警察也会来抓我。我的脑子一片混乱,恐惧感扑面而来,各种丑陋与险恶也裹挟了我。我根本没偷东西,但这已经不重要了,更何况我还发了誓。天哪,上帝啊!

泪水夺眶而出,我明白只能赎回自己的清白。于是我绝望地在每个口袋里摸索,没有苹果,没有小刀,什么也没有。这时候我突然想起了自己的手表,一块古老的银表,那是祖

---

① 德国早期货币单位,1马克等于100芬尼,后被欧元取代。

母给我的。尽管它已经不走针了,但我还一直装模作样地戴着它。我立刻把表脱了下来。

"克罗默,"我乞求道,"听着,你别告发我,这样做不好。我把我的手表送给你吧,你看,我也没有值钱东西了。这个你拿着吧,是块银表,做工很不错,只是有点儿小毛病,修修就好了。"

他笑了笑,大手一伸接过了表。我盯着他的手,无比粗鲁又充满敌意的手,它夺走了我的生活与安宁。

"它是银的……"我怯生生地说。

"什么银的,什么破烂表,我才不稀罕!"他鄙夷地说,"你自己修吧!"

"弗朗茨,"我用颤抖的声音喊住了他,怕他走掉,"等等!拿着这块表吧!真是银的,货真价实。我没有别的东西可以给你了。"

他用他那冷酷又鄙视的眼神盯着我。

"你知道我现在要去找谁。我可以去警察局,那儿的警官我很熟。"

他转身要走,我拽着他的袖子拦住了他。这样绝对不行,他要是就这样走了,我就得遭殃,那还不如让我去死。

"弗朗茨,"我恳求道,声音已经有些嘶哑了,"别做傻事!就当开个玩笑,可以吗?"

"是的,只是开玩笑,但是个昂贵的笑话。"

"弗朗茨,你说,要我怎么做,我全都听你的。"

他眯着眼睛,上下打量着我,又大笑起来。

"别傻了!"他装模作样地说,"你我都明白,我能赚两马克。我既然是个穷人,不能放着这笔钱不挣,你也知道。可你很有钱,甚至还有块表呢!你给我两马克,这件事就一笔勾销。"

我明白他的意思了,但是两马克!对我来说,这跟五马克、一百马克、一千马克一样,都是天文数字。我没有钱,有一个小储蓄罐在母亲那儿,里面都是五分或十分的硬币,是亲戚串门的时候放进去的。此外我一无所有,我还没到领零花钱的年龄。

"我什么也没有,"我愁眉苦脸地说道,"一分钱都没有,除此之外你要什么我都可以给你。我有一本讲印第安人的书、士兵玩具、指南针,我这就拿给你。"

克罗默撇了撇放肆又丑恶的嘴,朝地上吐了口唾沫。

"别废话了!"他不耐烦地说,"那些破玩意儿,你自己留着吧。指南针,你把我当'傻子'吗?听好了,赶紧把钱交出来!"

"但是我真的没有钱,从没有人给我零花钱,我真的没办法啊!"

"那这样吧,明天把两马克给我带来,放学后我在集市那里等你。给钱这事就过去了,没拿来钱,有你好看的!"

"可以是可以,但我去哪儿能弄到钱啊?天哪,我真的没有钱……"

"你家有的是钱,这是你的事。说好了,明天放学后见。告诉你,要是你没拿来钱……"他恶狠狠地瞪了我一眼,吐了一口唾沫,然后像个幽灵一样消失了。

我连上楼的力气都没了。我的生活完蛋了。我想离家出走,再也不回来了,甚至想跳河自尽。但这都是些模模糊糊的想法。我坐在楼梯间底层台阶的黑暗里,身体蜷成一团,沉浸在痛苦中。莉娜拎着篮子正要下楼取柴火,才发现了哭哭啼啼的我。

我请求她,别跟家里人说这件事,然后我才上楼。玻璃门旁的挂衣钩上,挂着父亲的礼帽和母亲的太阳伞,散发着家的温暖和柔和亲切的气息。我满怀诚挚,热烈地渴望这气息，就像迷途的孩子望见故乡的老屋，闻到故乡的气味。可这一切不再属于我，那是父母的光明世界。我却罪恶地沉沦于陌生的洪流之中，敌人围困，危险、恐惧、耻辱伺机而动。礼帽和太阳伞、古老而精美的砂石地面、廊柜上的大幅油画，还有起居室传来的姐妹们的说话声，这一切比起任何时候都要更加可爱、亲切与美好，但它们不再象征着慰藉和安全的港湾，而是严厉的责备。这些都不再属于我，纯净和安逸已经离我远去。我的双脚沾满了污秽，在地毯上也无法擦掉。我瞒着家人，背负着阴霾。我有过多少秘密，多么惶恐不安，但与今天发生的事情相比，曾经的恐惧简直不值一提。厄运追赶着我，魔爪向我伸过来，连母亲也保护不了我，我不能让她知道这事。无论我的罪过是偷窃还是撒谎（我不是以上帝和幸福之名起誓吗？）——这都没差别了。我的罪过不在这些，而在于我让魔鬼登堂入室。我当时为什么要跟那两个男孩一起呢？为什么我要对克罗默言听计从，而不是遵从父亲的要求呢？为什么我要杜撰那个盗窃的故事？为什么我要把犯罪吹嘘成英雄事迹？如今，魔鬼攥住我的手，敌人就在身后穷追不舍。

有那么一瞬间，我感觉自己不再惧怕明天，而是担忧一桩可怕的事实：从今往后，我的人生道路将急转直下，堕入黑暗。我心里明白，这一错误将会引发后面一系列新的错误。我在姐妹们面前的言谈举止、我对父母的问候和亲吻都将成为谎言，我将独自隐瞒自己的命运和秘密。

看着父亲的礼帽，我的心里忽然间燃起了信赖和希望的火焰。我要跟父亲坦白一切，接受他的审判和惩罚，让他成为我的知情人和拯救者。以前这种情况也时有发生，我得承受一顿责罚，熬过一段艰难的时光，然后满怀悔恨地乞求原谅，事情也就过去了。

听起来多么叫人安慰！这种想法多么诱人啊！但这于事无补，我知道自己不会这么做。我知道，现在我有了一个秘密，这份罪过我只能独自承担。或许我现在正处于一个人生的十字路口，也许从此刻开始，我将永远进入恶的世界，与恶人分享秘密，信赖并寄托期望于他们，最终变得和他们一样。我把自己吹嘘成男人和英雄，就要承担相应的后果。

进门时，父亲斥责我又把鞋子弄湿了，这让我感到宽慰。它分散了父亲的注意力，他没有察觉到更糟糕的事情。我能忍受父亲的苛责，并暗自将责备转移至另一件事上。此时我的心底忽然浮现出来一种新鲜奇妙的感觉，一种大逆不道的恶毒的感觉：我感觉自己竟然凌驾于父亲之上！我觉察到，那一刻我在心里鄙视他的无知，他只知道责骂我弄湿了鞋子，这是多么目光短浅。"你什么都不知道！"我心想，感觉自己就像一个杀人犯，而别人却只审问我有没有偷面包。这种想法丑陋又叛逆，却那么刺激。没有其他任何念头能像它一样，将我的秘密和罪过紧紧捆绑在一起。我想，可能克罗默现在已经去警局告发我了，暴风骤雨正向我席卷而来，而父亲还把我当成个无知的小孩子。

　　故事就是这样的，整段经历中的这个瞬间最为重要，也令人难忘。父亲的光辉形象第一回显得暗淡，这是我的童年生活体验的第一道裂痕，也是每个人在真正成为自我之前，必须要摧毁的东西。就是这些无人知晓的经历，组成了我们命运的内在核心脉络。这些裂痕终将弥合，痊愈，直至被遗忘，但在内心最私密的角落，它依然生长着，并流淌着鲜血。

　　这种新奇的感觉让我恐慌，我恨不得立刻躬身下去亲吻父亲的双脚，乞求他的原谅。但越是至关重要的事情，乞求原谅越徒劳，这道理三岁孩童与睿智的大人都明白。

　　本来我想好好静心，考虑一下明天该怎么办，但我做不到。整个夜晚，我都在努力适应屋里那怪异的氛围。壁钟、餐桌、《圣经》和镜子，书柜和挂在墙上的油画，似乎都在向我告别。我感觉寒冷刺骨，看着自己的世界、幸福美满的生活都一去不返。我真切地感觉到，自己身上生出纠结的根须，牢牢扎根在那幽暗陌生的世界之中。我生平第一次品尝到了死亡的滋味，死亡是苦涩的，因为它意味着新生，意味着对恐怖未知之事的畏惧与焦虑。

在床上躺下之后，我才松了一口气。之前的晚祷对我来说，又是一场犹如炼狱之火的煎熬。大家齐声唱了一首我最喜欢的祷歌。但其实我并没有一起唱，每一个音符于我而言，都是苦水与毒药。父亲念祷词的时候，我也没有一同祈祷，当他最后念"愿主与我们同在"时，一阵抽搐把我从家人的怀抱中抽离了出来。上帝的恩惠与他们每个人同在，但不包括我。我浑身冰冷、精疲力竭地离开了。

在床上躺了一会儿，一股暖意与安全感才包围了我。此时此刻，我的内心又再次困惑迷惘于恐惧之中，为发生的事情而焦虑不安。母亲照常和我道了晚安，房间里依然回响着她的脚步声，她手中烛火的光芒依旧在门缝里闪烁。我想，她应该会折回来看我——她一定感觉到了什么，会来吻我，关切地询问，然后我就会哭出声来，哽塞在喉咙的石头也会瞬间融化。然后我会拥抱着母亲，向她袒露心扉，一切都会过去，我就解脱了。门缝里的烛光暗淡下去，我又竖着耳朵倾听了一会儿，期待这一切的发生。

然后，我的思绪又回到了自己的困境上，敌人的面容又浮现在我的眼前。我能清楚地看到他，他眯着一只眼睛，放肆地张嘴狂笑。我凝视着他，无力抗拒的命运感侵蚀着我的内心。这时，敌人的脸变得越来越大，越来越丑陋，那只邪恶的眼睛如魔鬼般闪光。他死死纠缠着我，直至我进入梦乡。但我并没有梦到他和今天发生的事情，而是梦见了父母、姐妹们，还有我，我们坐在小船里，假日的美妙静谧与光芒环绕着我们。深夜时分我醒来时，还能感受到梦中幸福的余味，姐妹们洁白的夏装似乎依然在阳光里闪闪发光。一瞬间我又从天堂坠入了地狱，敌人凶恶的眼神又卷土重来。

第二天清晨，母亲匆匆进门，喊我起床。她抱怨说，这么晚了为什么我还赖在床上。我的脸色看起来很不好，就在母亲询问我时，我突然吐了。

之后好像情况有所好转。我以前就很喜欢这样的时候，生点小病，早上就可以赖在床上，喝着甘菊茶，听母亲打扫隔壁房间，莉娜在走廊上和屠夫聊天。不用上学的上午，宛如魔法里的童话世界。阳光会在房间里嬉戏,和学校里绿窗帘遮挡的那片阳光完全不同。然而今天,就连这种乐趣也变得寡淡无味。

还不如死了呢!但我没什么大病,跟平时一样,并不严重。这样一来,我虽然可以不用去上学,但无论如何不能逃避克罗默伸来的魔爪。十一点时,他会在集市上等我。此时母亲的慈爱不再是安慰,而是负担和痛苦的来源。我假装很快便又睡着了,其实却在思来想去,十一点钟,我必须赶到集市那边,别无选择。十点钟的时候,我悄悄爬了起来,宣称自己感觉好多了。以往这样的情况,我要么回到床上休息,要么下午去上学。我说想去学校,心里已经有了打算。

我可不能两手空空地去见克罗默,得想办法拿到我的储蓄罐。尽管我知道,那里面的钱远远不够两马克,但至少还有一些。直觉告诉我,有总比没有好,至少能安抚一下克罗默。

我穿着袜子,蹑手蹑脚地溜进母亲的卧室,从书桌里拿走了我的储蓄罐。做这些事的时候,我感觉糟透了,但还没有昨天那么糟糕。我的心跳得厉害,快得令我几近窒息。我回到下面的楼梯间,开始查看储蓄罐,发现它被锁上了,这下更糟糕了。

要砸开它并不难，只需要扯破一层薄薄的铁网。但是那裂口却刺痛了我，因为这样一来，我就真的变成小偷了。以前，我顶多是偷吃点糖果和水果而已。这次却是实实在在的盗窃，虽然那是我的钱。我感觉得到，我离克罗默和他的世界又近了一步，事态正在一步步恶化，而我只能硬着头皮继续。让魔鬼带走我吧，我已经没有了回头路。我惴惴不安地把那些钱数了数，在罐子里时听起来还满满当当，没承想拿到手上却少得可怜，只有六十五芬尼。我把储蓄罐藏在下面的走廊里，然后手攥着钱，走出了家门。与平时走出大门的心境大不相同，仿佛听到有人在喊我，我却没有回头。

时间还早，所以我故意绕道小巷。这个城市仿佛变了模样，天空中飘动着陌生的云彩，路边的房屋也似乎在审视着我，路人都好像在怀疑我。走在路上时，我突然想起来，我有个同学曾经在牲畜市场捡到过一塔勒①。我真的想祷告，求上帝行行好，也让我发一笔横财，但我已经没有祷告的权利了。就算可以，储蓄罐也不会恢复原样了。

弗朗茨·克罗默远远地就看到了我，但他还是慢悠悠地

---

① 或被译为"泰勒"，是一种曾经被广泛使用的极其重要的欧洲银币名称及货币单位。

向我走来,一副毫不在意我的样子。走到我跟前后,他暗暗示意我跟着他,然后就头也不回地径直往前走。我们沿着小径一路向下,经过一座小桥,在最后的一排新盖的房子前停下了脚步。这里还没有施工,墙壁光秃秃的,也没有安装门窗。克罗默看了眼四周,就穿过大门走了进去,我跟在他的身后。他走到了围墙的后面,示意我靠近,然后伸出了他的手。

"你带钱了吗?"他冷冷地问。

我把紧握着钱的手从口袋里抽了出来,然后把钱倒在他伸开的手上。最后一枚五分硬币落下时发出的余音未落,他便数完了钱。

"就六十五芬尼?"他瞪着我说。

"是的。"我胆怯地回答道,"这是我全部的钱了。我知道,这远远不够。但我就只有这么多,真的没有了。"

"我没想到你这么蠢!"他近乎温柔地指责我说,"绅士们不是都应该守规矩嘛。你要明白,我不会从你身上拿走不应该拿的东西。这几毛钱你拿回去!换一位绅士,可不会在这儿跟我讨价还价,他会全部付清的。"

"可我真没有了!这是我储蓄罐里所有的钱了。"

"那是你的事。但我也不想难为你。你还欠我一马克三十五芬尼。什么时候能给我？"

"我肯定给你，克罗默！只不过，我也不知道什么时候，说不定马上，明天，或者后天。你知道的，我不敢跟我爸爸说这事。"

"这关我什么事。我也没有把你怎么样吧。本来中午之前我就能拿到钱的。你看看，我这么穷，你穿着体面的衣服，吃得也比我好。但我也不想抱怨什么。我可以再等一段时间。后天，我会吹口哨喊你，应该会是在下午，到时候咱们就把这事了结了。你听过我的口哨吧？"

他对着我吹了一声，其实我之前经常听到。

"是的，"我说，"我听过。"

然后他离开了，仿佛不认识我一样。我们两人之间只有交易，再无其他。

直到今天，如果我突然又听到克罗默的口哨声，肯定还是会被吓得半死。从那时候起，我就会经常听到他的口哨声。我感觉，那声音似乎无孔不入。无论我在什么地方，玩什么游戏，做什么工作，思考什么事情，口哨声都在压迫着我，它现在就是我的命运。在和煦缤纷的秋日午后，有时候在我很喜欢的小花园里，一种奇怪的冲动会驱使着我重拾从前玩过的游戏。在游戏里，我仿佛变成了一个年纪比我小的男孩，他依然善良自由、单纯平和。但突然间总会从哪里传来克罗默的口哨声，尽管在预料之中，却依然叫我惊慌失措。哨声打断了我的思考，摧毁了我的幻想。然后我就得出发，跟着折磨我的人，去往丑陋阴暗的角落，为自己辩解，被逼着还钱。这样的状况持续了几周，但我度日如年，似乎永无休止。我很少能弄到钱，有时趁着莉娜把菜篮子放在厨房桌子上，我就去偷拿五芬尼或者十芬尼。每次克罗默都会蔑视地把我劈头盖脸辱骂一顿，他说，是我欺骗了他，我要剥夺他的合法权利，是我偷了他的东西，造成了他的不幸！我感觉一生中从未陷入这样的困境，从未如此绝望、任人摆布。

我在储蓄罐里装满了筹码，然后把它放回了原处，没有人过问这件事，但它却日日夜夜折磨着我。比起克罗默的口哨声，我常常更加害怕母亲轻轻朝我走过来的时候——她是不是要来问我储蓄罐的事？

因为我好几次都身无分文地出现在我的魔鬼面前，他开始用别的方法折磨我，消耗我。我不得不为他服务，他要我帮他跑腿儿，想办法给他父亲请假。或者他会让我做一些很费劲的事，比如说单腿跳长达十分钟，或是把废纸粘在路人的外套上。许多夜晚，我即使在睡梦里也承受着这种折磨，满身大汗地从噩梦中惊醒。

有一段时间我病倒了，经常呕吐，浑身发冷，但到了夜里却热得大汗淋漓。母亲察觉到了不对劲，对我关怀备至。然而她的关爱只能让我更痛苦，因为我无法向她坦承一切。

有一天晚上我已经躺下了，她给我拿来一小块巧克力。小时候，每当我表现良好，晚上临睡前总会得到一块甜点作为奖励。此时她又站在了床头，递给我那块巧克力。我非常痛苦，拼命摇头。她抚摸着我的头发，问我怎么了。我只憋出两句话："不！不！我什么都不要。"她把巧克力放在床头柜上，然后离开了。后来，她有一次又问起我这件事，我就装作一无所知的样子。她甚至带我去看病，医生检查之后，建议我每天早上洗凉水澡。

那段时间里，我有点像是神经错乱的样子。在这个秩序井然、平和安宁的家里，我活得提心吊胆、痛苦不堪，如同幽灵一般，对别人的生活漠不关心，满脑子都是自己的问题。父亲常常会很恼怒，逼我回话，我总是一言不发，冷眼以对。

该 隐

帮助我脱离苦海的救星，以一种突如其来的方式出现了。与此同时，我的生命也开启了新篇章，影响我直至今日。

不久前，我就读的学校来了一位插班生。他是一位富有的寡妇的儿子，袖口上还绑着黑纱，他们最近才刚刚搬到这个城市。这个男孩比我高一年级，却大我好几岁。不久之后，他便引起了所有人的注意，我也开始留意他。这个古怪的学生看起来好像比他的真实年龄还要大很多，没有人把他当成一个孩子。在我们这些愣头愣脑的男孩中，他的行为举止别具一格，成熟得像个大人，或者说更像一位绅士。他的人缘一般，从不加入我们的游戏，更不用说打架斗殴了。但大家都很欣赏他面对老师时自信坚定的语气。他名叫马克斯·德米安。

德米安

有一天，不知因为什么，另一个班级被安排进我们班的大教室上课，这在我们学校也是常事。来的恰巧是德米安所在的班级。低年级正上到圣经故事课，高年级学的则是写作文。老师向我们灌输该隐和亚伯的故事时，我不断转头看德米安。他的面孔令我特别着迷，那聪颖、开朗而又异常坚定的面庞正全神贯注，专心于学习。他看起来完全不像写作业的学生，反而更像思考某个问题的学者。其实我并不太喜欢他，相反，我甚至对他有点反感。在我看来，他过于高高在上、冷眼旁观，他的这种气质充满了挑衅的味道，他的眼神流露出成年人的表情——小孩子们是绝对不会喜欢的——带着些许悲伤，又有一丝嘲笑。但我又忍不住不停地打量他，说不上是喜欢还是讨厌。有一刹那，他似乎朝我这个方向看了一眼，这时我赶紧惊恐地收回目光。时至今日，仔细想想他中学时代的模样，我可以说：他在各方面都异于常人，出类拔萃，因此备受关注。然而与此同时，他又极力避免引人注目。言谈举止之间，他就如同一位便装出巡的王子，混迹在一群农村孩子之间，努力与他们打成一片。

放学回家的路上，他走在我后面。其他的同学都纷纷离开后，他追上了我，跟我打了个招呼。这声问候虽然模仿了我们这些中学生的腔调,但听起来依旧是那样老成、客气。

"我们一块儿走,可以吗?"他友好地问道。我有些受宠若惊地点了点头,然后和他描述了一下我们家的位置。

"哦,是那里啊!"他笑着说道,"我知道那栋房子。你家大门上挂着一个很奇特的东西,我很感兴趣。"

我一时没有意识到他指的是什么。我也很惊讶,他竟然比我还了解我家的房子。他指的应该是门拱上那枚拱顶石,它看起来有点像徽章。但是随着时间的流逝,它已经变得十分平坦,多次被粉刷上色。但据我所知,它与我们的家族并没有什么渊源。

"我不太清楚。"我小心翼翼地说,"那可能是只鸟,或者类似的东西。应该很古老了。这所房子以前曾属于一座寺庙。"

"有可能。"他点头说道,"下次你好好看看!这些东西挺有意思的。我觉得,那可能是只雀鹰。"

我们继续走着,我感到很拘束。突然他大笑起来,好像想到了什么有趣的事。

"对了,我还听了听你们的课。"他兴趣盎然地说,"该隐的故事,他的额前有个印记,对吗?你喜欢这个故事吗?"

不，我很少会喜欢被逼着学习的那些东西。但我不敢说实话，因为我感觉像是在与一位成年人谈话。因此我回答说，我很喜欢这个故事。

德米安拍了拍我的肩膀。

"亲爱的，你不必对我说谎。但这个故事确实很奇怪。我觉得，应该比课堂上讲的大部分故事都奇怪许多。那位老师也没有多说，只是讲了些上帝和原罪之类的老掉牙的故事。但我觉得……"他突然中断，笑着问我，"你有兴趣听吗？"

"其实我觉得，"他继续说道，"该隐的故事也可以有不同的诠释。他们教给我们的大部分东西都是真实正确的。但我们可以用不同于老师所讲的另一种角度去看待这些知识，这样它们就会被赋予更好的寓意。以该隐和他额前的印记为例，那位老师的解释并不能令人满意。你不觉得吗？一个人在争执中打死了自己的兄弟，当然可能发生。他事后感到害怕，卑躬屈膝，这也有可能。但他竟因胆小怯懦被授予勋章，得到保护，恐吓他人，这实在是太不合常理了。"

"的确！"我兴致勃勃地回应他——我开始对这个故事感兴趣了，"那另一种解释是什么？"

他拍了拍我的肩膀。

"很简单！故事的开端，已有的线索便是那个印记。有这么个人，他的脸上有些让人惧怕的东西。他们不敢同他接触，他和他的孩子都让人印象深刻。或许，可以肯定的是，那并不真的是额前的印记，像个邮戳一样，生活中很少发生这么粗俗的事情。更可能的是，他身上存在着一股令人难以感知、神秘莫测的气息，目光比常人更为睿智、果敢。这个男人具有某种令人生畏的气概。他有一个'印记'。旁人可以随心所欲地解释它。'人们'总是更喜欢能让自己称心如意的那个版本。他们害怕该隐的孩子，他们也拥有'印记'。所以人们没有诚实地把这个印记解释为一种荣誉，而是采取了恰恰相反的做法。据说，拥有这个印记的家伙都很可怕，事实也的确如此。英勇刚强的人对旁人来说总是很可怕。这样一群英勇无畏而又令人惧怕的族人在四处游走，难免会令他人不悦。因此人们为了复仇，便给这个家族改了名字，把他们编进寓言故事，希望自己能借此在心理上对长久以来克制的恐惧有所补偿——你懂了吗？"

"嗯。也就是说，该隐其实根本就不是什么坏人？《圣经》里的这个故事完全不是真实的？"

"是，也不是。这么古老的故事都是真实的。但它们却未必如实地被记录下来了,对它们的解释也未必就是正确的。简单来说,我的想法是,该隐应该是个了不起的人。只是因为人们惧怕他,才以他为原型杜撰了个故事。这个故事不过是一个谣言,人们茶余饭后的谈资而已。只有一点是真实的,那就是该隐和他的孩子们确实携带着某种'印记',这使他们异于常人。"

他的说法令我感到非常震惊。

"所以你觉得,他杀人的事也不是真的吗?"我激动地问道。

"不不不,这当然也是真的。强者打死了弱者。而此人是否真的是他的兄弟,这一点还是值得怀疑的。但这并不重要,因为毕竟所有人都是彼此的兄弟。不过是一个强者打死了一个弱者,这原本或许是件英雄事迹,也或许不是。然而可以肯定的是,其他的弱者都心存畏惧。他们到处抱怨诉苦。当有人问他们:'为什么你们不直接打死他?'他们不会说:'因为我们是懦夫。'他们只会说:'我们不能这么做啊。他有一个印记,那是上帝赐予他的。'谎言应该就是这样产生的。哎呀,我耽误你太久了。再见!"

他拐进了阿尔特小巷里,把我独自留在那里,心中经受着前所未有的震撼。他刚一离开，他刚才所说的那些话在我看来就那么令人难以置信！该隐是一个高贵的人，而亚伯是个胆小鬼！该隐的印记是荣誉！这太荒谬了，是渎神，是罪恶的。可亲爱的上帝在哪里呢？难道上帝不是接受了亚伯的献祭，他不是喜爱亚伯吗？——不，蠢货！我猜，德米安在耍我，想把我引入歧途。他真是个讨人厌的机灵鬼，能言善辩，但是我还从没有如此深入地思考过哪个圣经故事或者其他的什么故事。我也很久没有像这样，全然忘记了弗朗茨·克罗默，几小时，甚至一整晚。我待在家里把整个故事又从头到尾读了一遍。《圣经》里的叙述简短明了，要想从中寻找出什么隐含的特殊寓意，这简直是痴人说梦。如果是这样的话，那每个杀人犯都能自诩为上帝的宠儿。不，这简直是胡说八道。只不过是德米安讲述的方式轻松愉快，让我感觉很亲切，似乎一切都是理所当然的，此外还有他那双眼睛。

诚然，我自己的状况并不理想，甚至可以说是糟透了。我原本生活在一个光明、纯洁的世界之中，我自己就是亚伯那类人。如今我却坠落到"另一个世界"，越陷越深，而我却无能为力！现在我该怎么办？是的，就在这时，一段回忆在我的脑海中闪现，一时之间我竟几乎无法呼吸。我想起了那个黑暗的夜晚，我的痛苦开始的地方，与父亲有关的那件事。那时候，有一瞬间，我好像突然看穿了他的一切，我对他的智慧和他所处的光明世界也不屑一顾。是的，那一刻我妄想自己就是该隐，我有那个印记，这个印记并不是耻辱，而是荣誉。而且恶毒和不幸让我误以为自己比父亲、比那些好人和虔信者都更为高明。

当时经历这件事时，我头脑中的想法还不甚明了，但所有这些念头都已萌发其中。那些复杂情绪和奇特情感的爆发，它们令我痛苦，也让我感到骄傲。

德米安关于勇者和懦夫的想法是多么独特！他对该隐额前印记的解释是多么与众不同！他的眼睛，他那双如成年人般引人注目的双眼散发着多么奇异的光辉！当想到这些时，一个模糊的想法在我的脑海中一闪而过：难道他自己，这个德米安，不正如同该隐一般吗？如果他与该隐不是同一类人，为什么要替该隐辩护呢？为什么他目光如炬？为什么他谈起那些懦弱的"另一类人"时，满是嘲讽的语气？而其实他们才是虔信者和上帝喜闻乐见的人吧？

这些想法在我的脑海中不停盘旋，挥之不去。就仿佛是一块石头落入了井中，而那口井便是我年少的心灵。之后的

该 隐

很长一段时间,每当我寻求知识、心存疑惑和批判之心时,该隐、杀人和印记都是我找到突破的关键。

我发现,学校里还有其他同学也在打听德米安的事。我从没有跟别人提起过该隐的故事,但他似乎也引起了别人的兴趣。一时间,关于这个新生的流言四起。虽然我无法知晓每一个流言,但我相信,每个流言其实都是对他的一个侧面反映,每个流言都值得细细品味。我只知道,一开始流传的说法是德米安的妈妈非常富有。人们又说,她和她的儿子从来不去教堂。有人声称,他们是犹太人,或许也可能是秘密的伊斯兰教徒,此外还听说关于马克斯·德米安很强悍的传闻。可以肯定的是,班里最强壮的人找他打架,遭到拒绝后,那个人骂德米安是胆小鬼,最终被他打得灰头土脸。据在场的人说,德米安只用一只手死死地扼住他的脖子,那家伙就面无血色了。后来他灰溜溜地逃走了,胳膊好几天都动弹不得。有一天晚上甚至谣传,那个人已经死了。流言满天飞,人们深信不疑且乐此不疲。后来有段时间一切风平浪静,但没过多久学生中间又开始传起了新的流言。有人称,德米安与女生交往甚密,而且深谙此道。

在此期间，我与弗朗茨·克罗默的来往依旧不可避免。我无法逃离他的魔爪，即使他对我放松几天，但我也仍同他捆绑在一起。在我的梦里，他与我如影随形。现实中他没有对我做过的事，也会在我幻想的梦境里发生，梦里的我完全变成了他的奴隶。比起现实，我更多的是生活在这种噩梦里——我一直就是一个爱做梦的人。他的阴影使我丧失了活力和生机。此外我还经常梦到克罗默虐待我，对我吐唾沫，用膝盖把我压在地上。更严重的是，他诱骗我犯下重罪——与其说是诱骗，不如说是用暴力胁迫。最可怕的是，有一次我梦见自己谋杀了父亲，从噩梦中惊醒后，我简直要发疯了。克罗默打磨好一把刀，把它放在我手中。我们埋伏在林荫道的树丛后，等待某人出现，而我并不知道我们在等谁。过了一会儿，有人来了，克罗默碰了碰我的胳膊，然后对我说，这就是我要杀的人。那个人竟然是我的父亲。梦境至此我就被吓醒了。

因为这些事情，我虽然也会想到该隐和亚伯，但很少会想起德米安。奇怪的是，他与我的再次接触，居然是在梦中。我梦到自己正在遭受虐待和暴力，只不过用膝盖将我压倒在地的不是克罗默，而是德米安。这个新的梦境给我留下了深刻的印象。克罗默施加给我的所有痛苦和折磨，换成德米安后，我竟然都欣然接受了，幸福与惧怕的情感交织。我连续做过两次这样的梦，然后克罗默才又在我的梦中出现。

我早就无法清晰分辨出我经历的究竟是梦境还是现实。但无论如何，我和克罗默这种令人作呕的关系仍旧在持续着。我凭借着小偷小摸终于还清了欠款，但即便如此，我们之间的事也并没有结束。一来二去，他就知道了我偷窃的事，因为他总是问我，钱是从哪儿搞到的。所以他就抓住了我更多的把柄。他经常威胁我，要把所有事情都告诉我的爸爸。那时，我深深的自责远超过恐惧，怪自己没有一开始便向父亲坦白一切。然而，尽管我痛苦不已，但我也没有怨天尤人，至少没有时常如此。有时候我甚至会觉得，命运必然如此。我厄运当头，想要去打破这一切完全是白费力气。

在这种状况下，我父母应该也跟着受了不少苦。我性情大变，再也无法融入这个曾经与我亲密无间的家庭。我常常强烈地渴望回到它的怀抱，就如同渴望重返逝去的天堂一般。我的家人，特别是我的母亲，并没有把我看作不可救药的坏孩子，而是把我当病人一样对待。可情况究竟如何，这从我两个姐妹的行为上就看得出来。她们行事虽然小心翼翼，却常常弄巧成拙，给我带来无限的困扰。显而易见，她们觉得我着魔了。对于我这种恶灵附体的状况，只可抱怨，不应责骂。我能觉察到，他们在为我祈祷，方式不同以往。可我也发现，他们的祈祷完全是徒劳的。我常常强烈地感觉到自己渴望得到解脱，想要真诚忏悔。但我也早就预料到，我不会向父母坦白一切。我知道，他们会好意接受，并对我关怀备至。是的，只是怜悯，但并不是真正理解。这整件事会被看作是我一时失足，而事实上，这却是一种命运。

我知道有些人会不相信，一个不足十一岁的孩子竟会有如此感受。我不会把我的经历告诉这些人，我只会告诉那些更为理解人性的人。成年人已经学会了将一部分情感转化为想法，然而却忘掉了自己在孩提时代的那些想法，所以就会声称，这种经历并不存在。而在一生当中，后来我也很少再有当时那样刻骨铭心的体会。

某一个雨天，我的虐待者又把我叫到了城堡广场。不断有树叶从湿淋淋的黑栗树上掉落下来，我一边站在那里等他，一边用脚刨着地上的湿叶子。我没有钱，只是顺便带了两块蛋糕，这样多少也算能给他点什么。我早已经习惯了，站在某个角落里等他,常常是漫长的等待。而这一切我也只能默默接受,就如同我们总是不得不接受无法改变的命运一样。

克罗默终于来了。那天他没有过多停留,撞了几下我的肋骨,大笑着拿走了蛋糕,甚至还递给我一根潮湿的香烟,但我没有接,他比平常显得要友善一些。

"对了,"他离开时说,"我记得——下次你可以把你姐姐带来。她叫什么?"

我感到很不解,所以也就没有回答,只是惊愕地看着他。

"没听懂?把你的姐姐带过来。"

"我听到了,克罗默。但这不行。我不能这么做,她也不会来的。"

我的理解是,这不过是又找了个借口刁难我。他经常这么做,提出一些无法实现的要求,以此来恐吓我、侮辱我,再慢慢跟我讨价还价。之后我就必须带着钱财或其他什么礼物来让自己脱身。

这次他的反应却完全不同。面对我的拒绝,他似乎毫不生气。

"好吧,"他漫不经心地说,"你好好考虑考虑。我想认识你的姐姐。总会有办法的。你就带她一起去散个步,然后我也过去。明天你听我的口哨，我们再商量。"

他离开后，我突然明白了他的意图。虽然我还完全是个孩子，但也听说过，男孩和女孩年纪大一点之后，就会偷偷做一些有伤风化、违反禁忌的事情。而现在他竟然要我——我瞬间意识到这件事有多么可怕！我当即下定决心，绝不能做这种事情。但后果会如何，克罗默会如何报复我，我是想都不敢想的。对我新一轮的折磨又开始了，真的是没完没了。

我把手插进口袋里，绝望地穿过空荡荡的广场。新的苦难，新的奴役！

这时有一个清亮、深沉的声音在呼唤我。我吓了一跳，然后便跑了起来。有人在追赶我，然后一只手从后面轻轻地拽住了我。原来是马克斯·德米安。

我不得不停下来。

"原来是你？"我惊魂未定地说，"你吓死我了！"

他注视着我，他的目光从没有像现在这样，成熟、深邃，又仿佛能洞察一切。我们很久没有说过话了。

"对不起，"他说话的语气礼貌而又独特，"但是，正常人不可能被吓成这个样子吧。"

"哎，怎么不可能！"

"从表面来看,确实是这样的。但是你想:如果一个人并没有对你做什么,你却被吓成这个样子,那么这个人一定会陷入沉思,会感到惊讶与好奇。这个人会想,你为什么会这么胆小。接着,他还会想,人害怕的时候就会这样。胆小鬼容易害怕。但我不认为你是个胆小鬼,不是吗?哦,当然,你也不算英雄。你会害怕一些东西,也会害怕一些人。其实你不用怕,特别是不用害怕人。你不怕我吧,对吗?"

"是的,一点也不怕。"

"是吧,你看。但还是有些人会让你害怕吧?"

"我不知道……你让我走吧,你想从我这里知道点什么?"

他跟上了我的脚步——我走得更快了,想要逃离——同时我也感受到了他从一旁投来的目光。

"你就相信我一次,"他又开始说道,"我对你没有恶意。至少你不必怕我。我很想与你一起做个有趣的实验,你从中会学到许多有用的知识。听好了!我有时在尝试一项被人称作读心的技能。这不是什么巫术,如果人们不了解内情,就会觉得不可思议。很多人会对此惊讶不已。现在我们来试一下。我喜欢你,或者这么说,我对你有兴趣。我想知道你内心是怎么想的。我已经迈出了第一步。我吓到你了——你很胆小。你会害怕一些人或物。这种恐惧是从哪里来的呢？人们无须惧怕任何人。如果一个人惧怕他人，那只能说明，这个人主观赋予他人管控自己的权力。比如说，你干了坏事，被另一个人知道了，那么他就拥有了控制你的力量。你明白了吗？很明显，不是吗？"

我茫然无措地看着他的脸，他的脸色一如往常，严肃而又闪烁着聪慧的光芒，也很亲切，但并不温和，而是很严厉，正气凛然。我不知道我是怎么了。他就像个魔术师一样站在我的面前。

"你明白吗？"他又问我。

我点了点头，却说不出话来。

"我跟你说过，读心术看似很奇怪，但其实很简单。比如说，我可以很准确地说出，在我给你讲述该隐和亚伯的故事的时候，你是怎么看待我的。不过这就是另一个话题了。我觉得你也可能曾经梦到过我。我们先略过这件事！你是个聪明的男孩儿，而大多数人都很愚蠢！我喜欢和信得过的聪明人聊天。你不介意吧？"

"不介意。我只是不明白……"

"我们继续回到刚才说到的那个有趣的实验吧！我们发现：有的男孩很胆小——他害怕一个人——他很可能与这个人之间有一个不可告人的秘密。大概是这样吧？"

犹如身处梦境，我被他的声音和感染力所深深折服。我只能频频点头。难道这个声音是从我自己体内发出的？它似乎无所不知，比我自己更透彻地洞悉一切。

德米安用力地拍了拍我的肩膀。

"看来我说对了。我能猜到。现在只剩下一个问题：你能告诉我刚才离开的那个男孩儿叫什么名字吗？"

我大吃一惊。被触碰的秘密又痛苦地躲藏回我的身体，它不想暴露在光天化日之下。

"什么男孩儿？刚才只有我自己在这儿啊。"

他笑了起来。"说吧，"他笑着说道，"他叫什么名字？"

我低声说道："你说的是弗朗茨·克罗默吗？"

他满意地朝我点了点头。

"好极了！你很机灵，我们会成为朋友的。但我必须要告诉你：这个克罗默，管他叫什么呢，他不是什么好人。从他的脸上我看得出来，他就是个无赖！你觉得呢？"

"是的，"我叹了口气，"他坏透了，他就是个魔鬼！

这话可不能让他听到,天哪,千万别让他知道。你认识他吗?他认识你吗?"

"别紧张!他已经走了,我们两个也不认识。但我还有点儿想认识他。他上的是公立学校?"

"嗯。"

"读几年级?"

"五年级。但你可别告诉他!求你了!可千万别让他知道!"

"别紧张!不会有事的。你有没有兴趣再多讲点儿关于克罗默的事?"

"我做不到!求你饶了我吧!"

他沉默了片刻。

"真是遗憾,"他接着说,"我们本可以把实验继续进行下去。但我也不想让你为难。你要明白的是,你没有必要惧怕他,不是吗?这种无谓的恐惧会让人完全崩溃,我们必须得克服它。如果你想让自己成为一个真正的男人,你就必须摆脱这种恐惧感。你明白吗?"

"确实如此,你说得对……但是不行。你不知道……"

"你也看出来了,我懂的比你想象的还要多。你欠他钱了吗？"

"是的，有这么回事，但这不是关键。我不能告诉你，我做不到！"

"也就是说，就算我给你钱，帮你还清债务，也没什么用，对吗？……我真的可以给你的。"

"不用，不用，不是这么回事。我求你了，不要告诉任何人！一个字也别说！否则我就要倒大霉了！"

"相信我，辛克莱。以后你会告诉我你们之间的秘密的……"

"不可能，我永远不会！"我激动地喊道。

"随你怎么想。我的意思是，你可能以后什么时候会想和我多聊聊，完全出于自愿，你明白吗？你不会以为，我会像克罗默那样对待你吧？"

"不——但你对此根本就是一无所知！"

"我是不知道。我只是在思索这件事。我绝对不会像克罗默那样做的，这一点你得信我，况且你又不欠我什么。"

我们沉默了许久，我也变得平静下来。但是德米安的见地却越来越让我觉得他神秘莫测。

"现在我要回家了。"他一边说，一边在雨中裹紧了厚呢子大衣,"说了这么多,我还是想提醒你,尽早摆脱这个家伙!要是实在没别的办法,那就打死他!假如你真的这么做,我会佩服你,为你感到欣慰。我也会助你一臂之力。"

我又一次陷入恐惧中。突然我再次想到该隐的故事。它太可怕了,我开始低声啜泣起来。太多阴森恐怖的事情笼罩着我。

"好了,"他微笑着说,"回家吧。会没事的。不过打死他是最简单的方法。处理这种事情,最简单的就是最好的。你跟着他不会有好下场的。"

我回到了家里,感觉自己好像已经离家一年之久一样。一切都变了。我和克罗默之间生长出了类似于未来和希望的东西。我不再孤单!此刻我才意识到,几周以来,我独自保守着秘密有多可怕。我也突然想到了我多次考虑的事:向父母忏悔会使我感到轻松,却不会彻底拯救我。如今我却几乎是向另外一个人、一个陌生人坦白了,解脱感犹如一股浓郁的芳香扑面而来。

我内心的恐惧终究还是久久不能消散。我原本已经做好打算,要和我的敌人打一场艰苦卓绝的持久战。然而让我感到比较奇怪的是,事情的最终发展却是如此波澜不惊、悄无声息。

家门前克罗默的口哨声消失了，一天，两天，三天，一周之久。我完全不敢相信。我在心里暗自忖度着，他会不会出其不意地再次冒出来。但他竟然真的消失了！我对自己能重获自由充满了疑惑，这简直难以置信。终于有一次，我又碰到了弗朗茨·克罗默。他正从赛勒小巷走出来，我俩迎面相遇。他一看到我，竟吓了一跳，对我做了个令人作呕的鬼脸，随即转身离开，避开了我。

对我来说，这真是一个前所未有的时刻。我的敌人竟在我的面前逃跑了。这个魔鬼竟然害怕我，我真是又惊又喜。

过了几天，德米安再次出现了。他在校门口等我。

"你好。"我说。

"早上好，辛克莱。我只是想看看，你最近过得怎么样。克罗默没有再来骚扰你吧？"

"是你干的？你到底是怎么做到的？我真的想不通。他没有再来找我了。"

"那就好。要是他再来找你……不过他应该不会这么做了，我是说万一，毕竟他是个无赖……你就让他想想德米安。"

"但这与你有什么关系？你跟他有过节儿，打了他一顿吗？"

"没有，我不喜欢这么做。我只是跟他聊了几句，就像咱们之间一样。我让他明白了，不招惹你，对他只有好处，没有坏处。"

"那你一分钱都没给他吗？"

"没有，我的小老弟。这一招你不是已经试过了吗？"

正当我准备追问他时，他却离开了。我留在了原地，往日对他的那种不安的情感再次涌上心头。不同寻常的是，在这种感情里，感激与胆怯、钦佩与畏惧、爱慕和内心的抗拒交织到了一起。

我打算不久之后，等我再一次见他时，再和他深入地谈谈这件事，还有该隐的故事。

我的想法没能如愿。

我并不认为感恩是一种美德。在我看来，要求一个孩子有感恩之心，这更是大错特错。我对德米安全然没有感激的想法，也没有觉得有何不妥。现在我很肯定，如果德米安没有把我从克罗默的魔爪中解救出来，那么我如今的生活将会是病态的堕落、一塌糊涂。即便在当时，我也把这次解脱视为我年轻的生命中最重要的经历。可是当我的救星创造了这项奇迹之后，我就对他置之不理了。

不知感恩是件奇怪的事情，但正如先前提到过的那样，这对我来说没什么大不了的。唯一让我感到奇特的是，我发现，我竟然没什么好奇心。为什么会这样？我竟然能够就这样心安理得地度过了这无与伦比的一天。我竟然也没有追问，德米安是怎么把那些秘密同我联系在一起的。我竟然就这样抑制住了自己的好奇心，没有再多打听一下关于该隐、克罗默和读心术的事。

虽然难以理解，但事实就是如此。我一下子逃脱了恶魔，重见眼前光明愉悦的世界，不必再担惊受怕，不必再感到心悸窒息。魔咒解除，我不再是个痛苦的可怜虫，我恢复了往日学生的身份。我的天性驱使我尽快去追寻平衡与宁静，极力回避并忘却以往的种种丑陋与胁迫。关于我罪责和恐惧的这一整段故事很快便退出了我的记忆，似乎没有留下任何伤疤和印痕。

那时我试图迅速遗忘我的拯救者，对此我如今也可以理解。逃脱了非难的苦海，逃脱了克罗默恐怖的奴役后，我和我受伤的灵魂竭尽全力要回到过去，恢复曾经幸福美满的生活。我要回到失而复得的天堂，回到父母的光明世界，回归姐妹们中间，体会纯洁的芳香和亚伯的虔敬。

在我与德米安短暂谈话后的第二天，在终于确定重获自由、不必担心再重蹈覆辙之后，我做了一件渴望已久的事——忏悔。我走到母亲面前，把那个锁已经被撬坏了的储蓄罐拿给她看，里面没有钱，而是填满了筹码。我告诉母亲，长久以来我是如何因为自己的过失而被恶棍所控制。她没有全然理解，但她看到了那个储蓄罐，看出了我目光的变化，听出了我语气的改变。她明白了，我已经没事了，原来的那个我又回到了她的怀抱。

我怀着崇高的心情庆祝自己重新被接纳，迷途的孩子终于可以归家。母亲把我带到了父亲面前，我又重述了一遍整个事件的前因后果。他们不时发问，又不时发出阵阵感慨。父母摸了摸我的头，如释重负地长舒了一口气。一切犹如小说情节一般不可思议，又以完美的和谐作为结局。

我满心欢喜地逃入这种和谐之中。我贪婪地享受着重获的安宁和父母的信任。我又变成那个居家的模范儿童，一如往昔地和姐妹们一起玩耍，在祷告时满怀救赎和皈依的喜悦感唱起那些动听的老歌。这一切都是发自内心的，毫无欺瞒。

然而事情还是有点不对劲！事实上，正是这一点至关重要，它彻底解释了我为什么会将德米安遗忘。我本应该向他忏悔的！我的忏悔可能没有那么华丽的辞藻，也不能感人肺腑，但对我来说却大有裨益。如今我根植于往日那个天堂般的世界，回归家庭，被仁慈拥抱。德米安却完全不属于，也不适合这个世界。不过他虽然不同于克罗默——也正是因为这一点——但也算是个诱骗者。他把我同第二个邪魔外道的世界捆绑在了一起，可从今以后我再也不想听到关于那个世界的任何消息。现在我不能，也不愿背弃亚伯转而歌颂该隐，因为我自己已经变成另一个亚伯了。

这是表象的层面。内在的情况是这样的：我终于逃脱了克罗默和"魔鬼"的魔爪，但并不是通过自己的力量和努力。我曾试图在这个世界的道路上漫步前行，但它对我来说湿滑无比。这时，一只友善的手拉了我一把，拯救了我，我顾不得四处张望，便飞奔回母亲的怀抱，回到了那个待人关怀备至、教人恭顺贤良的安全世界。我让自己变得比以前更幼稚、更软弱、更天真。我必须要有新的依靠来取代我对克罗默的依附，因为我无法独自前行。所以顺从茫然的内心，我选择了依赖于父母和那个古老而可爱的"光明世界"，虽然我已经知道，它不是唯一的存在。如果不这么做，我就要与德米安为伍,将自己交付于他。我之所以没有选择他,是因为我当时对他怪诞的想法表示怀疑,事实上是我的恐惧在作祟。因为德米安要求的比我父母的还要多,他试图激励我、提醒我、嘲讽我,以此让我变得更加独立。啊,如今我明白了:世界上没有比通向自我的道路更令人厌恶了!

甚至在半年之后,我的内心仍然无法抵挡这种诱惑。有一天,在散步的途中,我问父亲:有些人声称该隐比亚伯更好,我们应该如何去看待这件事?

他感到非常吃惊,然后向我解释道:这个观点并不新鲜。它在早期基督教时期就出现了,甚至还在一些教派中流传,其中一支教派自称"该隐派"。但这个疯狂的教义无非是魔鬼试图摧毁我们信仰的一种尝试。因为如果我们相信该隐是正义的,亚伯是错误的,如此一来的后果则是,上帝犯了错误,《圣经》中的上帝就不是唯一的真神,而是假神。该隐派确实传授过此类教义,但这种异端邪说早已退出人类文明的历史。令他惊讶的是,我的同学,身为一个中学生竟会对此有所了解。不过,父亲还是严肃地告诫我,不要去沾染这种思想。

强　盗

　　回忆我的孩童时代，有许多美妙、温馨、可爱的事情值得讲述：父母给的安全感，父母的关爱，温柔、愉快、光明氛围里愉悦的游戏时光。但我真正感兴趣的，是人生中为抵达自我而走的路。所有那些美好安宁的时刻、幸福的港湾和天堂，它们的魔力我再熟悉不过。但我只想让它们停留在远方的光影里，而不愿再次涉足。

　　因此，如果还是要继续谈我的童年这个话题，我只想聊聊那些新奇的感受，那些帮助我成长或是令我停滞的故事。

　　我总是不得不面对"另一个世界"，它的到来总伴随着恐惧、压迫、恶意，总是要颠覆破坏我眷恋着的平静生活。

　　随着年龄的增长，我又有了新的发现：我心里有一种原始的冲动，它在得到许可的光明世界里必须蛰伏起来、隐藏自己。正如所有人一样，我的性冲动开始慢慢觉醒，它是禁果，是诱惑，也是罪恶。我的好奇，我的梦境、欲望和恐惧引发的，我青春期的秘密，这些与我那安逸温柔的童真生活格格不入。和所有人一样，尽管童年不再，但我还过上了一种孩童的双重生活。我的意识生活在家里，在被允许的正派世界里，它否定那个枝蔓丛生的新世界。同时我又偷偷摸摸地生活在梦境、欲望和意愿之中，在此基础之上，有意识的生活搭建起了忧虑的桥梁，我的童年世界就此全然崩塌。和几乎所有的父母一样，我的父母也没有帮助我克服成长过程中难以言表的性冲动。他们只是以无尽的耐心，帮助我徒劳无功地一次次否定现实，继续栖身于越来越虚假伪善的孩童世界。我不知道，身为父母在这件事上能多做些什么，但并不想为此指责我的父母。成就自我、找寻方向，原本就是我自己的事。像许多在优渥环境长大的孩子一样，在这一点上我做得十分糟糕。

每个人都要熬过这段困难时期。对普通人而言，这是人生的一个转折点。在这个阶段，个人的自我需求与外在环境展开艰苦卓绝的争斗，前行的道路荆棘密布。许多人体验了死而复生，这恰恰是我们的命运，终其一生这样的体验往往

强　盗

只有一回——童年逐渐破败、崩塌，所有钟爱之物消逝无踪。然后我们突然发现，放眼四周，只剩下世间的孤独和淡漠。有许多人永远卡顿在此，终其一生都痛苦不堪地缅怀不可回溯的往日，要么幻想重回逝去的乐园——这其实是最可怕、最要命的幻梦。

还是回来讲述我的故事吧。那些感受和梦境提醒我，正在远去的童年无关紧要，故而不再赘述。重要的是，那个"黑暗的另一个世界"，重新出现了。原本附着在弗朗茨·克罗默身上的魔障，现在却变成了我的心魔。"另一个世界"从外界获得了力量，又重新支配了我。

与克罗默的纠葛结束之后，又过去了几年。我生命中那段沉重的戏剧性时光已离我远去，犹如一个短暂的噩梦，早已烟消云散。克罗默从此从我的生命中永远消失了，仿佛我从来没有遇见过他一样。可我的悲剧人生中还有另一位重要人物，马克斯·德米安，他却并未完全退出我的生活。很长一段时间里，他都和我若即若离，从不插手我的事务。后来他才开始慢慢靠近我，再次显现他的力量和影响。

我试着在回忆中找寻彼时的德米安。好像有一年的时间，或者更久，我都没和他说过一句话。我总是躲着他，他也不来找我。好像有一次，我们俩不期而遇，他也只是友好地朝我点了点头，打了个招呼。有时我会觉得，他的友善背后似乎隐含着一丝嘲讽的意味，当然这可能只是我的幻觉。我和他似乎都淡忘了，我们共同经历的那些故事，以及他对我的那些非同寻常的影响。

我在记忆中搜寻着德米安的身影。如今当我回忆他时，我发现，他就在那里，他一直在我的关注之中。我回想起他去上学的样子，独自一人，或是同高年级的学生一起。回忆中的他和旁人格格不入，少言寡语，如幽灵般在他们之间游离，沉浸在自己的气场之中，遵循着自己的生存法则。没有人喜欢他，和他深交，除了他的母亲。但就算面对他的母亲，他的举止也不像个孩子，而像个大人。老师们也不怎么理会他，他是个好学生，却从不会刻意去讨好谁。不时还会有些风言风语传到我们的耳朵里，听说他出言不逊，用冷僻问题反驳了某位老师的无理要求或是尖刻嘲讽。

我闭上双眼，脑海里浮现出他的身影。那是在哪儿？哦，想起来了，在我家门前的小巷子。有一天我看到他站在那里，手里拿了个记事本在画画。我看到，他画的是我家门拱上的鸟形古老徽章。我站在窗边，在窗帘的遮挡下观察他，惊讶地望着他那张面向徽章,专注、冷静、敏锐的面庞。那是一张男人的脸,一张学者或者艺术家的脸,若有所思、意志坚定,异常聪慧、果敢,眼神睿智。

我的眼前又出现另一幕场景。那是不久之后,放学途中的大街上,我们正围观一匹倒地的马。它躺在农车前,身体还拴在车辕上,大张着鼻孔痛苦地喷气,某处伤口还汩汩流着鲜血,街边白色灰尘都被渐渐染红变暗。看到这场景,我不禁有点恶心,正要转身离开时,我看到了德米安的脸。他没有往前挤,而是站在人群最后面,保持着自己平时的闲适与优雅。他似乎在注视着马头,目光仍然散发出一如往日的深沉、冷静、近乎偏激却又不动声色的专注力。我忍不住长时间打量着他,虽然只是模糊的感觉,但我当时已经觉察到了一些与众不同的东西。我盯着德米安的脸,这不是男孩儿,而是男人的面孔。不仅如此,我似乎还看到了更多,这似乎也不是男人的脸,而是还有其他的什么东西,就好像是其中还略带着点儿女性气质。有一瞬间,我觉得这张脸既不属于男人,也不属于孩童,既不沧桑,也不稚嫩,仿佛历经千年,永恒不朽,镌刻着其他时代的烙印。动物,或者树木、星辰,可能会有这样的面容——我懵懵懂懂,当时的感觉和现在成年以后的描述不尽相同，但是有着类似的感受。或许他很美，或许我喜欢他，或许我讨厌他，很难说清。我只能说：他跟我们不同，他像个动物、幽灵，或者一幅图画。我不知道他是什么样的，但他就是不同的，与我们大家之间存在着难以言说的差异。

关于他的回忆，我只能想起这么多，甚至连其中的部分内容也可能是从后来的印象中萌生出来的。

直到过了几年，我又年长了一些，与他才有了进一步的接触。德米安没有按照习俗，在适当的年龄去教堂受坚信礼。不久之后便流言四起，学校里有传言说他其实是个犹太人，或者是个异教徒。还有人说，他和他的母亲没有皈依任何教派，似乎信仰某个神秘的宗教。此外我还听到了一种谣言：他和母亲的关系仿佛情侣。在缺失宗教信仰的环境中成长，多少会对他的未来产生消极影响。后来他的母亲还是让他受了坚信礼，虽然比同龄人晚了两年。于是我们才有了几个月的时间，一起上坚信礼课程。

有一阵子，我一直躲着他，不想跟他有过多接触。对我而言，他身上的流言和秘密太多了。但自从克罗默的事件结束之后，心里的愧疚感始终困扰着我。此外，那时我也正为

强 盗

自己心中的秘密而备受煎熬。上坚信礼课程的时候,我正处在性启蒙的关键时期。尽管内心坚定,但我的虔诚修习还是受到了很大的影响。神职人员讲授的那些教义,虽然宁静圣洁,但对我来说过于遥远。它们美好崇高,却不切实际,不够刺激,而我感兴趣之事却恰恰与此相反。

这种状态下我对宗教课的热情日渐淡漠,但我对德米安的兴趣却与日俱增。似乎有一种默契将我们联结,我试图尽可能准确地回溯这种默契。我能想起的是,事情始于一次早课,那时教室里还亮着灯。宗教老师正在讲该隐和亚伯的故事。我没仔细听,正在昏昏欲睡,突然神父提高了音调,开始讲起该隐的印记。此时,我忽然心中一动,抬起头朝前排的椅子上望去,刚好看到德米安转过身来看我。他的眼睛明亮,若有深意,似是嘲讽,抑或严肃。他的目光从我的身上一掠而过,我立马紧张地开始听神父讲述该隐和他的印记。我的内心浮现一个声音:事实可能并非神父讲述的那样,我们也可以用另外的方式来看待它,甚至可以去批判它。

就在这一刻,我和德米安之间又建立了一种新的默契。可奇妙的是,这种心灵深处的归属感一旦产生,它就扩散到现实空间中,有如神助。不知道是他有意为之,还是纯粹出于偶然——我那时理所当然地认为是偶然。几天后，德米安突然换了宗教课的位置，正好坐在我的前面。（我清晰地记得，早晨的教室里人头攒动，空气闭塞，从他后颈部传来了清爽的肥皂香味，多么好闻！）过了几天，他又换了一次座位，接下来整个冬季和春季，他都坐在我的旁边。

从此之后，早课的时光就完全变样，不再让人昏昏欲睡、毫无乐趣。我甚至有点期待它。有时，我们两个人正聚精会神地听神父讲课，只需他从邻座递来的一个眼神，我就能注意到课上一段奇特的故事，或是一套古怪的说辞。也只需他的另一个意味深长的眼神，就足以提醒我内心的批判和质疑。

大多数时候，我们不是乖学生，所以经常课上开小差。德米安向来对老师和同学彬彬有礼，我从没见过他参与男孩子们的恶作剧，从没听到过他大声嬉笑或是喧闹，他也从未被老师批评过。但是他会悄悄地，更多的是用手势和眼神，示意我加入他的一些思想活动当中。其中有些想法确实是十分奇特。

譬如，他会告诉我，他对哪些同学感兴趣，会怎样研究他们，其中有几个他已经了解得非常透彻了。上课前，他对我说："如果我对你竖起大拇指示意一下，那么某人和某人就会回头看我们，或者挠挠脖子之类的。"上课时，常常在我毫无心理准备的情况下，马克斯会突然转身，竖起大拇指向我做出一个引人注目的手势。我迅速朝那几个同学看去，果然，他们就像提线木偶一样做出了德米安预期的动作。我唆使马克斯，让他在老师身上也试试，他却拒绝了。但有一次，我走进教室告诉德米安，我没有预习功课，希望神父不要提问到我，他竟帮了我。神父想找名学生背一段教义，他游移的目光落在了自知有错的我的身上。他慢慢走过来，用手指着我，就要叫出我的名字——突然他变得有些心思涣散，或者是惶惶不安，于是他扯了扯衣领，走向一直盯着他的德米安。似乎德米安要提出什么问题，令人惊讶的是，他又一次走开了，咳嗽了几声，然后叫起了另一名同学。

诸如此类的趣事常常让我十分开心，然而渐渐地我才意识到，德米安也经常跟我耍同样的把戏。有次放学路上，我突然感觉德米安正走在我身后，我一扭头，他果然在那儿。

"你让别人思考什么事，他就会思考那些内容吗？"我问他。

他以成年人的方式爽快地给出了答复，平静而又客观：

"不能，"他说，"这没有人能办得到。如果神父也这么做的话，人就没有自由意志了。他不能按照自己的想法去控制别人的思想，我也不能按照我的想法控制他的思想。我们只能通过仔细观察，才能准确猜测出他的想法或感受。久而久之，我们也能大概预测出来，下一刻他会做什么。其实很简单，只是大多数人都不知道其中的诀窍而已。当然，这也需要反复练习。比方说，蝴蝶中有一类夜蝶，雌蝶的量远少于雄蝶。这类蝴蝶像所有其他动物一样繁衍生息：雄蝶使雌蝶受孕产卵。如果你捉到一只雌夜蝶——自然学家已多次进行实验——夜晚许多雄蝶会花费几小时前来与雌蝶相会。你能想象吗？几小时之久！在方圆数公里的地区，所有雄蝶都感应到了这唯一的一只雌蝶。人们试图对此进行解释，但这非常困难。它们一定是拥有超凡的嗅觉或者类似的什么能力，就像一只上等猎犬能发现不易察觉的痕迹，并以此展开追踪。你懂了吗？自然界中有很多这样的事情，人们也解释不清。但是我想说：如果雌蝶不是那么罕见，雄蝶就不会拥有如此灵敏的嗅觉。这都是经过它们自己反复训练才掌握的本领。无论动物或者人，如果把自己的全部精力和意志都集中在一件事情上，他们也能实现目标，仅此而已。你刚才说的也同样是这个道理。如果你能够用心仔细地去观察一个人，那么你会比他本人还了解他自己。"

我几乎就要脱口说出"读心术"这个词,这肯定会令他想起很久之前与克罗默打交道时的情景。但我们之间像是达成了某种默契:无论是他还是我都绝口不提多年前他对我生活的重大干涉。就好像我们两个之间以前毫无关联,又或者是我们都坚信对方已经把往事彻底遗忘了。甚至有一两次,我们俩一起在街上走着,碰到了弗朗茨·克罗默,也没有任何眼神的交流,或是提起任何一句关于他的话。

"人的意志到底是怎么一回事?"我问道,"你说过,人没有自由意志。可你又说,人们只需将意志坚定在某个目标上,就能成功。不对啊!如果我不能驾驭自己的意志,那么我就不能随意地用它来做任何事。"

他拍了拍我的肩膀。每当我让他感到好笑时,他就会这么做。

"你问得很好!"他笑着说,"人必须不断发问,永远秉持质疑的态度。其实道理很简单。比如说,如果雄蝶要将意志集中在一颗星星或者其他事物上,它就不可能成功,只是它根本就不会去做这样的尝试。它只会追寻那些对它们来说有意义和价值的东西,追寻它不可或缺的东西。正因为如此，它才做到了一些不可思议的事情——它培养出了独一无二的神迹般的第六感。我们人类拥有更广阔的天地，当然，也比动物可以获得更多的利益。可我们也被束缚在一个相对狭小的圈子里，无法逾越自己。我可以天马行空，浮想联翩，我可以说自己一定要前往北极等等。但是只有当我的愿望发自内心，深入骨髓，我才能真正渴望并去实现它。一旦是这种情况，你遵从内心的诉求进行尝试，就会顺利得多，你就可以得心应手地驾驭你的意志。假设我现在想让神父将来不再佩戴眼镜，那是不可能做到的。这纯粹只是一个玩笑。但去年秋天，当我强烈地想要调离前排的座位时，我就成功了。当时是有一个久病的同学突然返校，他的姓氏排在我前面，需要有人给他腾出一个座位，于是我就顺理成章地成了那个让位的人。正是因为我的意志做好了准备，所以我立马抓住了这个机会。"

"对啊，"我说，"我当时还觉得奇怪呢。从我们两个对彼此感兴趣那一刻起，你就离我越来越近。这是怎么回事？一开始你并没有径直坐在我旁边，而是在我前面坐了一阵子，不是吗？这又是怎么回事？"

"是这样的：我第一次要调换座位时，我也不知道要坐

强盗

到哪里。我只知道,我想坐在后排。我的想法是,靠近你坐,可我自己当时并没有意识到这一点。同时,你的意愿也在推动这件事,帮了我一把。直到我坐到了你前面之后,我才意识到,我的愿望只实现了一半——我发现,我想要的无非是坐在你旁边。"

"但那时候没有新同学再插班进来啊?"

"是没有,但当时我只想听从自己的内心,不假思索地坐到了你的身旁。和我换座位的那个男孩觉得挺惊讶的,不过还是同意了。有一次,神父也发现了异常——后来每次点我的名字时,他内心都觉得有些疑惑,因为他知道我叫德米安,而名字以字母 D(德米安)开头的我却坐在后面那些名字是以字母 S(辛克莱)开头的人中间,这说不通。但他并没有对此深究,因为我强烈的意志不断阻挠他这样做。每当他觉得我坐的位置不太对头时,他就会盯着我看,试图找出问题所在,这位善良的先生啊。我的对策很简单。我就死死地盯着他的眼睛,几乎所有人都对此难以招架。他们会变得坐立不安。如果你想在某个人身上达到点什么目的,那么就出其不意地紧盯着他的眼睛,如果他丝毫不为所动,那你就干脆放弃吧!你永远也别想从他身上得到任何东西!但这种情况很少见。其实我的方法只在一个人身上没有奏效。"

"这是谁?"我立马问道。他看着我,若有所思地眯起了眼睛,然后把目光转向了别处,没有回答我。虽然我很好奇,但也没有再追问下去。

但是我觉得,他当时说的人应该是他的母亲。我总觉得,他们两个人的关系很密切。但他从没有在我面前提起过她,也没有带我去过他家。我甚至不知道,他的母亲长相如何。

有时候,我很想效仿他,把我的意志集中在一定要实现的目标上。有一些梦想是我迫切想要实现的。但最终我却一无所成。我也没能鼓起勇气和德米安谈论此事。同他吐露心扉,这我做不到。他也并没有过问。

那段时间,我对宗教的信仰也开始出现一些动摇。在德米安的影响下,我的思想,以及我对宗教的信仰,和我那些完全不信教的同学也大不相同。我碰巧听到过几个同学对宗教的评论,他们认为信仰上帝是可笑至极、令人鄙视的,三位一体和玛利亚因圣灵受孕的故事根本是无稽之谈。如今还有人在兜售这种无聊的宗教,这简直是一种耻辱。这种说法我绝对不敢苟同,虽然我还心存怀疑,但整个童年时期的经历让我很清楚虔信生活的真义,我父母过的就是这种生活。

这不是羞耻，更不是伪善。而且，我一如既往地对信教之人心存敬畏。只是德米安让我养成了这种习惯，用更自由、更主观、更轻松、更有创造性的方式去看待和阐释宗教故事和信条，至少我会听取他对这些问题的解释，始终乐此不疲，听得津津有味。当然他也有很多观点让我难以接受，比如关于该隐的看法。有一次在坚信礼课上，他提出的观点更为大胆，让我大吃一惊。老师正讲到有关哥尔哥达山的故事，《圣经》里关于耶稣基督受难和死亡的讲述给早年的我留下了深刻印象。小的时候，每逢耶稣受难节，父亲都会诵读受难故事，听后我总是全然沉浸在这个美轮美奂、苍白诡异却又生机勃勃的世界中，沉浸在客西马尼园和哥尔哥达山中。在聆听巴赫的《马太受难曲》时，这个神秘世界忧郁而强大的苦难光辉将我彻底淹没，给我带来了不可思议的震颤感。至今我依然认为，《神之时，乃为最吉》是一切诗性和艺术表达的完美结晶。

那次课后，德米安若有所思地对我说："辛克莱，这里我不太喜欢。你仔细读一遍这个故事，品一品它的味道，是不是有点无趣？就是和耶稣一起被钉在十字架上的两个强盗的故事。小山丘上并排矗立着三个十字架,那是多么壮观的景象!现在却变成了套路化的宗教感化故事!他是个罪犯,天知道他犯了什么罪行。如今却惺惺作态,痛哭流涕地要表演悔过自新的桥段!一只脚踏入坟墓的人,这样的忏悔还有什么用?这无非又是一个典型的劝善故事,甜蜜虚伪,披上感伤怜悯的外衣,其目的不过是教人虔诚笃信。如果是现在,要你和两个强盗其中之一做朋友,或者考虑一下,你更信任哪一个,你才不会选那个哭哭啼啼、悔过自新的家伙,肯定会选另一个,他才是条男子汉,有骨气,有个性。他对所谓的洗心革面嗤之以鼻,尽管在当时的状况下,痛改前非是个明智的选择。他勇往直前,在最后关头也没有背叛一直支持他的魔鬼。他是个狠角色,圣经故事里像这样性格顽强的人常常早夭,他也有可能是该隐的后裔,你觉得呢?"

他的话令我震惊不已,我曾经以为自己非常熟悉耶稣受难的故事,到现在才发现,当年在聆听或是诵读这个故事的时候,自己的想法是多么平庸,多么缺乏想象力。不过我还是觉得,德米安的新想法太过激进,它几乎颠覆了我长久以来秉持的信念。不行,我们不能这样质疑所有人,不能这样看待一切,更不能这样来看待上帝。

和往常一样，还没等我开口，他已经察觉到了我的抵触情绪。

"我知道，"他有点沮丧地说，"这是个古老的故事。但别太认真了！你听我说，我们能很清楚地看到宗教是有缺陷的，这不过是其中一个细节。《新约》和《旧约》中那个神，尽管全知全能，但却并非他本人想展现给世人的样子。神是一切善良、高贵、慈爱、美好、深邃和感性的化身——这话不错！但世界并不仅仅由此构成，此外的一切全然被归为邪魔外道。人们对世界的另一半避而不谈。他们把上帝尊颂为万物之父，却对性爱这个生命的起源讳莫如深，甚至还把它污蔑成罪恶奸邪之事！我并不反对世人崇敬上帝耶和华，一点也不。但我认为，我们应该将万事万物奉为神道，整个世界，而不仅仅是那被世人推崇的伪世界。也就是说，我们在祷告上帝的同时，也应该崇敬魔鬼。这样才是对的。或者，我们可以再创造出一个上帝，把魔鬼包容在内。在他的面前，我们就不必刻意闭上眼睛，面对世上发生的最理所当然之物视若无睹。"

他一反平日的冷静，突然变得激动起来，但立刻又微笑了，不再咄咄逼人。

这番话却恰恰道出了我整个童年时期的疑惑，它每时每刻都萦绕在我心头，却没法向任何人透露只言片语。德米安关于上帝和魔鬼、冠冕堂皇的神界和秘而不宣的魔界的观点，正是我心中的想法，我心里的神话。我对于两个世界或者世界两面性的思考——我的光明世界与黑暗世界，原来这竟是芸芸众生的共同问题，是关于生命和思考的本质问题。想到这里，我豁然开朗，突然意识到，自己私密的生活和思考，汇入了伟大思想的永恒长河之中，恐惧和敬畏之感油然而生。这一认识尽管在某种程度上证实和肯定了我的观点，我却实在开心不起来。这是一条太过艰难苦涩的道路，因为它意味着承担责任，意味着童真消逝，意味着独自前行。

于是，我生平第一次说出心中深藏已久的秘密，谈起来我自小以来关于"两个世界"的想法。德米安立刻明白，我内心深处的感受跟他的不谋而合，我赞同他的观点。然而他从不利用他人的弱点，而是专注地听着，比以往任何时候都全神贯注，紧盯着我的眼睛，以至于我不得不扭头，难为情地避开他的目光。因为在他的双眸中，我又一次看到了那种动物性的奇特永恒感以及难以想象的老成持重。

"我们下次再聊这个话题。"他体贴地说，"我发现，你无法准确表达出内心所有的想法。如果是这样的话，就意味着，你也没法把你的想法付诸生活，这可不行。只有付诸生活的思想，才有价值。你也知道，那个所谓'正派的'世界只是这世界的一半而已，你也试图隐瞒那另一半世界，就像神父和老师们的做法一样。但你会发现你是做不到的，一旦人开始有这样的想法，他就再也无法做到了。"

他的话深深触动了我。

"但是，"我几乎叫喊出来，"你也不能否认，在这世界上的的确确存在着为非作歹、作奸犯科的事，这是明令禁止的，我们就得放弃它们。我知道世上有很多谋杀和各种恶行的存在，但仅仅因为这些东西存在着，我就要跟着同流合污、一起犯罪吗？"

"看来今天我们不能达成共识了，"德米安安慰道，"当然，杀人或强奸少女，这是绝对不允许的。你还暂时不能领会'许可'与'禁忌'的意义，但已经感悟到了真理的冰山一角。放心，其他的部分也迟早会出现，这你一定要相信！比如现在，一年以来，你心里潜藏一种欲望，它比其他任何念头都来得更为强烈，被视作'禁忌'。与此相反，希腊及许多其他民族却把这种欲望归为神性，举办盛大的节日来顶礼膜拜。世上没有永恒的'禁忌'，它始终处于变化之中。现如今，只要在神父面前宣誓过，任何男人都可以和女人同床共枕。但这在其他一些民族中的情况还是有所不同的。因此，我们每个人都要发掘出属于自己的'许可'和'禁忌'。一个人不会因为犯了禁忌就变成恶人，反之亦然。其实这不过是个事关懒惰的问题！懒得思考和自我评判的人，会听从世俗的禁忌，他们活得相当轻松。另一些人，却在内心中有着自己的戒律。正派人的行为举止，对他们来说可能是禁忌，而被人唾弃的事，他们反而觉得合理正常。每个人都应该为自己而活着。"

突然，他似乎有些懊悔自己说了太多，便停了下来。那时我已经模模糊糊地体会到他的一些感受。尽管他已经习惯于畅所欲言，但正如他曾经所说的，他无法忍受那种"以谈话为目的"的沟通。和我待在一起时，除了他真正感兴趣之外，他还觉得这样的交流有一种无所顾忌的放松，或者简而言之，不用那么郑重其事。

当我读到自己写下的最后一个词——"郑重其事"，突然想起了另一幕场景，那是我和德米安在少年时代最为刻骨铭心的共同经历。

我们受坚信礼的日子越来越近了,最后几节宗教课讲的是圣餐。这几节课对我们的神父来说十分重要,他使出了浑身解数,课堂上的庄严气氛不言而喻。然而恰恰在这最后的几节指导课上,我频频走神,一再想起德米安。我一边盼望着坚信礼,期待着教会的这个庄严的接纳仪式,另一边又不由自主地冒出了个念头:这个半年多的宗教课程,对我而言其意义不在于我在课上学到了什么,而在于和德米安的亲密相处,以及他对我的影响。此时的我,并不愿意被教会所接纳,而更加期待加入其他一种团体,一种尊重思想和个性的团体。世上肯定存在这样的团体,我认为我的朋友正是他们的代表和信使。

我试着打消这种念头。无论如何,我应该庄重而敬畏地去经历坚信礼仪式,但这与我的新想法似乎有些格格不入。我还是想做我喜欢的事情,这种想法挥之不去,并与逐渐临近的坚信礼仪式交织在了一起。我决定,要以一种不同于他人的方式来履行仪式,将其视为自己被一个思想世界所接纳,而这一切正是拜德米安所赐。

那几天,我与德米安又进行了一次激烈的争辩。那是在宗教课之前，我的朋友一直默不作声，他对我故作老成、矫揉造作的言论没有表现出丝毫兴趣。

"我们已经说得太多了，"他异常严肃地说，"这种长篇大论没有任何价值，一点儿也没有，它只会让人迷失自我。迷失自我是一种罪过，人要像乌龟一样，完全蜷进自己的内心世界里。"

说完这番话，我们刚好走进教室。开始上课了，我努力保持专注，德米安也没有打扰我。过了一会儿，我发现德米安的座位有些异常，有种空旷冷寂或者类似的氛围，似乎他的座位突然空了一样。这种感觉越来越强烈，我不禁扭过头去看看他。

我的朋友像往常一样坐在那里，身体笔直，姿势端正。然而他看起来却跟平时迥异，一种无法言说的东西从他的体内散发出来，环绕着他。我以为他闭上了眼睛，可看到的却是他睁开的双眼。他的目光空若无物，涣散呆滞，似乎在凝视内心，又或是眺望远方。他坐在那里，一动不动，仿佛都停止了呼吸。他的嘴像是由木头或石头雕刻而成的作品，脸色苍白，毫无血色，宛若石头，他全身最生动的部位就是那簇棕色的头发。他的双手放在身前的长凳上，如死寂的石头或是果实，苍白且静止，但也并非毫无生气，反倒像是坚固完美的外壳，包裹在隐秘而强壮的生命之外。

这一幕叫我不寒而栗。他死了！我心里想着，差点喊出声来。但我知道，他并没有死。我死死盯着他的脸，盯着这张苍白、石化的面具。我突然意识到：这才是真正的德米安！平时与我同行，和我交谈，那只是半个德米安。他暂时扮演了某一个角色，好让自己合群，取悦他人。真正的德米安正如这般，面如磐石，古老悠远，好似动物或石刻，美丽而冰冷，仿佛毫无生气却又隐含着难以名状的生命力。而他的周围萦绕着的，是宁静的空虚，是苍穹和星空，是孤寂的死亡！

现在他完全进入了自我。想到这一点，我的心中泛起一阵恐惧。我从未感到过如此寂寞，无法参与其中。在我看来，他遥不可及，与我天各一方，仿佛身处世界上最遥远的孤岛之上。

可我不明白，为什么其他人却看不到这样的景象！如果大家都往这个方向看过来的话，一定都会感到毛骨悚然！可没有人注意到他。他坐在那里，宛如画中人，僵直如一尊神像。一只苍蝇落在他的额头上，慢慢爬过鼻子和嘴唇——他纹丝不动。

他现在神游去了哪里？他在想什么，他感觉到了什么？他是在天堂还是在地狱？

我无法去开口问他。直到快下课时，我才看到他又活了过来，恢复了呼吸。当他的眼神与我的相遇之后，他又变得和往常一样。他从哪里回来了？他刚才在哪儿？他看起来有些疲惫，但脸上又恢复了血色，双手也开始活动了，而那一头棕发却在这一刻失去了光泽，仿佛精疲力竭了一样。

在后来的几天里，我在卧室里反复尝试一项新练习：笔直坐在凳子上，目光呆滞，全身一动不动，看自己能坚持多久，这么做感觉如何。做完练习我就疲惫至极，眼皮痒得厉害。

不久之后，我们参加了坚信礼，对此我并没有留下什么深刻的记忆。

一切都变了，童年时光顷刻之间土崩瓦解。父母局促不安地望着我，姐妹们也同我愈加疏远。豁然醒悟的感受，使我原本熟悉的情感和快乐都渐渐淡漠，花园不再芳香，森林不再迷人，我周围的世界像是一堆减价出售的老古董，索然无味，书本变成了废纸，音乐变成了噪声。宛如秋日里的一棵枯树，叶子从树上不断飘落。无论身旁有雨水滴落，或是阳光，或是严寒，它毫无知觉。它的生命正一步步退隐至体内最隐秘幽深的地方。它没有死去，它在等待。

　　父母决定假期过后让我转学，这是我第一次离家去异地。有时候，母亲会对我特别温柔，像是提前跟我告别，让我学会爱、思乡，学会不遗忘。德米安出门旅行了，我又继续独来独往了。

贝雅特丽斯[①]

在假期末,我就去了St城,出发前没有再见到我的朋友。我的父母陪我一同前往,小心翼翼地把我安顿在了一个男生宿舍,管理者是位高级中学的老师。如果当时他们知道,我会发展到何种境地,一定会惊得目瞪口呆。

我依然在思考,究竟是要变成一个好儿子、有用的公民,还是跟随我的秉性,走向其他的道路?我最后一次的尝试——在父亲的家园和精神的荫庇下幸福地生活——持续了很久,其间几近成功,最终还是以失败告终。

坚信礼后的假期里,我第一次感受到无比的空虚与寂寞(此后也有过这种体验,无比的空虚和乏味),而且这种感

[①] 此名来源于但丁的作品《神曲》,象征引导男性进入天堂的完美女性。

觉久久不能消散。我竟出奇地适应离开家乡的生活，甚至还因不曾悲伤而感到羞愧。我的姐妹们都无缘无故地哭泣难过，我却泰然自若。对此我也感到很惊讶，从前我一直都是个相当善良、感情丰富的孩子，现在我性情大变。我对外部世界全然冷漠，整日只专注于倾听自己内心的声音，聆听那些禁忌的暗涌，它们在我体内隐隐作响。在这半年里，我的身体长得很快，身材高大却瘦削，看起来涉世未深的样子。我已然失去了孩童的纯真可爱，我知道没有人喜欢这样的我，我也不喜欢自己。我常常非常想念马克斯·德米安，但我也没少痛恨他，我把自己生活的贫乏都归咎于他。对我而言，这种贫乏的生活犹如恶疾缠身。

起初，我在这所寄宿学校既不受欢迎，也得不到尊重。一开始，他们总是愚弄我，后来他们就不理我了，我在他们眼里就是个胆小鬼，而且性格孤僻。我却很喜欢自己这样的角色，甚至变本加厉，表现得更为夸张，日益特立独行起来。在外界看来，这是坚韧不拔、睥睨一切而极具男子气概的行为，然而暗地里我却经常遭受悲伤或是绝望情绪的袭击。在学校里，我凭借以前在家时的知识积累就足以应付学习，这里的课程进度较我们之前的班级稍落后一些。我逐渐习惯轻视同龄人,把他们看作幼稚的小孩子。

一年多的时光就这样过去了。最初几次放假,回到家里的生活也很乏味,我反而更迫不及待地想要离家。

那是十一月初的事。不论天气如何,我都习惯了每天出去散散步,思考一些事情。在散步的路上,我收获到一种满足感,一种忧郁、厌世和自鄙的满足感。有一天晚上,黄昏时分的空气潮湿氤氲,我溜达到了市郊那边,公园里宽阔的林荫道上空寥幽寂,似是在对我发出盛情邀请。路面上铺了一层厚厚的落叶,我怀着一种幸灾乐祸的心情不停踩踏着它们。空气中弥漫着潮湿苦涩的气息,远方的树木逐渐从团团迷雾中显现出来,犹如幽灵一般,高大阴森而又朦胧缥缈。

站在林荫道的尽头,我有些犹豫不决,呆呆地望着黑黝黝的树叶,贪婪地呼吸着湿漉漉的空气中散发出的腐朽和枯萎的味道,我体内的某种东西在回应它、问候它。哦!生命竟然如此乏味!

一个穿着翻领大衣的男人从旁边一条小径走了过来,衣襟飘摇,我正要起步离开,他叫了我一声。

"你好,辛克莱!"

他走了过来,是阿尔方斯·贝克,他是我们宿舍里最年长的学生。我挺喜欢见到他的，只是他对我总像对待其他小孩子一样，态度傲慢，冷嘲热讽，倚老卖老。除此之外，我并不讨厌他。他的身体十分强壮。据说，宿管先生也得让他三分，他还是高中里许多传奇故事的主角。

"你在这儿做什么呢？"他友好地问我，但仍免不了成年人一般居高临下的口吻，"我打赌，你是在作诗吧？"

"我可没有这样的兴致。"我有点粗鲁地回应。他大笑一声，径直走到我的旁边和我闲聊起来，我实在是不太习惯这样。

"你不用紧张，辛克莱，我能理解。一个人走在夜晚的迷雾中，怀着秋思，有了灵感，自然会想作诗，这我都懂的。感叹凋零的大自然，或者缅怀消逝的青春。想想海因里希·海涅①吧。"

"我没有那么多愁善感。"我反驳道。

"那好吧！在这种天气下，有闲情逸致的人应该找个安静的地方小酌两杯。你跟我一起来吗？我正愁找不到人呢——还是你不愿意？我不是要教你学坏，亲爱的，要是你

---

① 海因里希·海涅（Heinrich Heine，1797—1856），德国抒情诗人、散文家。

想做个乖孩子的话,那我就不带坏你了。"

随后不久,我们便坐在了一家郊区小酒馆里,喝着味道奇怪的红酒,听着大酒杯碰撞的声音。起初我不太喜欢这种感觉,但毕竟是次新鲜的体验。不久后,由于不谙酒性,我开始变得话多了起来。就好像是敞开了内心的窗户,世界也随之映射进来。我都不记得有多久没有与自己的心灵对话了。我开始胡编乱造,尤其是开始大谈特谈亚伯和该隐的故事!

贝克津津有味地听我谈天说地——我终于有自己的听众了!他拍拍我的肩膀,称我是条好汉。压抑已久的倾诉欲终于得到了满足,得到认可,能在年长者面前夸夸其谈,这简直让我心花怒放。他称我为天才少年时,这句话就如同甘甜浓烈的红酒一般注入我的灵魂。世界焕发出新的色彩,我的思绪如泉奔涌,灵魂和火焰在我体内熊熊燃烧。我们谈天说地,聊老师,聊同学。我觉得,我们俩简直是一拍即合,我们还聊到了希腊人和异教。贝克一定要我讲讲自己的恋爱故事。我无以应对,没有经历过,所以也无从讲起。我的感受和幻想令我的内心无比焦灼,可即便是借着酒劲也无法向人表达。贝克对女孩很是了解,我脸红心跳地听他滔滔不绝地讲述女孩们的故事。在我看来,他讲述的事情荒谬至极,令人难以置信，但似乎也合情合理。贝克估计才十八岁，就已经俨然是个经验丰富的情场老手。比如说，他认为，有人觉得女孩无非是些臭美、爱听好话的花瓶。这么说固然有趣，但却不对。能捕获女人的芳心才是真本事，因为她们很聪明伶俐。比如那个开学生文具店的雅戈尔特夫人，提到她，大家总是议论纷纷。至于她柜台后面发生的事情，那就更是令人难以启齿了。

我坐在那里，听得如痴如醉。其实我并不喜欢雅戈尔特夫人——但这些事情真是令我大开眼界啊！至少对于年长一点儿的人来说，聊起这些事情可以说是滔滔不绝，这是我做梦都没有想过的事情。但听起来不太对劲，这比我想象中的爱情要低俗、平庸得多——然而这终究才是现实，就是生活和冒险。我的旁边就坐着一位有着这种经历的人，对他来说，这一切都那么理所当然。

原本热火朝天的对话渐渐沉寂下来，我们没有了话题。我不再是那个天才少年，而只是个聆听大人训话的小男孩。即便如此，与我几个月来的生活相比，此刻我感觉那么愉悦幸福。此外我渐渐意识到，这一切都是禁忌，绝对的禁忌，无论是坐在酒馆里买醉，还是聊天的内容。但无论如何，我还是从中品尝到了灵魂和反叛的滋味。

现如今,我仍十分清楚地记得那个夜晚。湿冷的深夜,在昏暗的煤气路灯照射下,我们两个人踏上了归途。我经历了生平第一次醉酒。那种感觉并不美好,甚至特别痛苦,却也别有一番滋味,迷人又甜蜜,颇有种反叛、放纵的感觉,这就是生命和灵魂。贝克虽然嘴上不依不饶,数落我是个逞能的菜鸟,但总归还算关心我,连拖带扛地把我带回了学校。我们俩从一扇敞开着的窗户偷偷溜回了宿舍。

不省人事地小睡了一会儿后,我痛苦地醒了过来,完全清醒后,感到浑身疼痛无比。我起身坐在床上,身上还套着白天的衬衫,衣服和鞋子散落一地,屋里弥漫着烟草和呕吐过的味道。正当头痛、恶心和愈加强烈的口渴感一并向我袭来时,一幅久违的画面浮现在我的心头。我看到了故乡和我的家,爸爸和妈妈,姐妹们和花园,我看到了家里宁静的卧室,看到了学校和集市广场,看到了德米安和坚信礼课程——所有这些都明亮辉煌、熠熠生辉,它们是那么不可思议,如此神圣而纯粹。可我现在知道,所有的这一切,在昨天,就是几个小时之前还都属于我,在等待着我。然而现在,就在此刻,一切都消逝得无影无踪,它们不再属于我,推开了我,鄙夷地凝视着我。我的思绪回到了记忆最深处的那个最为美好的幼时花园，父母给予我的所有的挚爱和热忱，母亲的每一个吻，每一个圣诞节，每个虔诚光明的周日早晨，花园里的每一朵花——这一切都化为废墟，都被我的双脚亲自践踏、摧毁！如果现在警察前来抓捕我，把我当作社会败类和亵渎神明者送到绞刑架前，我也毫无怨言，肯定会心甘情愿地跟他们走，还会觉得这是理所应当。

这就是我的内心独白！我放浪形骸，整天东游西荡，对这个世界不屑一顾！我自命不凡，追逐着德米安的思想。这就是我的丑恶嘴脸：人渣，肮脏下流，烂醉如泥，令人作呕，卑鄙无耻，粗野的牲畜，被可恶的欲望驱使！这就是现在的我。我从纯净、明艳、娇柔的花园走来，我曾醉心于巴赫的音乐和美妙的诗篇！听到自己的大笑，我感觉既厌恶又愤怒。如同醉汉身上发出的笑声，毫无节制、断断续续、幼稚而又愚蠢。这就是我！

但无论如何，承受苦难对我来说也算是一种享受。一直以来，我茫然而麻木地缓缓前行，沉默、贫瘠的心灵蜷居在角落里，所以即便是自怨自艾，是恐惧，是丑陋的感受，我的灵魂都愿意接纳。毕竟有所感受，有火焰在升腾，有心脏在颤动。在痛苦之中，在神智迷乱之间，我竟有种得以解脱、获得新生之感。

在外人看来，在这段时间里，我着实是日渐堕落。有了第一次的宿醉，之后很快便习以为常。学校里喝酒胡闹的事情时有发生，我是所有参与者中最小的一个。很快，我就不再是个受欺压的小跟班了，而是变成了众人追捧的带头大哥，一颗耀眼的明星，一个臭名昭著、胆大妄为的酒肆常客。我又重返黑暗世界，归附于魔鬼，而且在这个世界里我表现得相当出色，堪称个中翘楚。

与此同时，我的内心还是发出阵阵悲鸣。我过着得过且过、自我毁灭的生活。其他小伙伴把我当成头儿，认为我是条好汉，是个既勇敢又机智的男孩儿，而我自己却忧心忡忡、恐惧不安。有一次，那是个周日的上午，我走出酒馆，看到一群在路边玩耍的孩子，他们梳着整齐的头发，穿着周日盛装，阳光而又快乐。那一刻，我的眼泪夺眶而出。每次坐在小酒馆肮脏的桌边，和朋友们喝酒说笑时，我总是抛出一些厚颜无耻的话，来取笑或是恐吓他们。但在那颗幽闭已久的心里，我却对自己嘲笑的事物满怀敬畏。在内心深处，我早已痛哭流涕地跪在灵魂、过往、母亲和上帝面前。

我始终无法真正和我的同伴打成一片,在他们中间,我依然感觉孤苦伶仃,并为此备受折磨。这其实是有原因的。在那些粗野的人心里,我是个酒馆英雄,是个跳梁小丑。在关于老师、学校、父母、教堂的思想和言论里,我表现得既有想法又有气概——我能听别人讲黄段子,甚至自己也能来一个——可当我的伙伴们去找女孩子时,我却从不参与。虽然我总是把自己吹嘘成老于世故的情场浪子,但事实上,我却是孑然一人。我对爱情也一直怀着炙热的渴望,一种毫无希望的渴望。没有人比我更敏感、脆弱,更害羞、忸怩。看到迎面走来的年轻少女,美丽、清爽、明艳、优雅。对我而言,她们就是美妙而纯洁的梦境,她们比我要美好、纯洁千百倍!有段时间,我甚至不敢去雅戈尔特夫人的文具店,因为看到她,想到阿尔方斯·贝克讲述的那番话,我总是会不由自主地脸红。

在新的交际圈里,我更是感觉孤独、怪异,无法抽身而退。我真的不记得,终日酗酒、信口开河是否曾经让我感到快乐,我也并没有习惯喝酒,每次醉酒之后都痛苦不堪。这一切对我来说都是种负担。我所做的,都是我不得已而为之,因为除此之外我实在也不知道自己该干些什么。我惧怕长久的孤独。我的内心不断产生敏感、羞耻的情绪波动，头脑中总是涌现出关于爱情的各种细腻的想法，更是让我惶惶不可终日。我最缺少的是一个志同道合的朋友，是有两三个我很喜欢的同学，但他们都是乖孩子，我的恶名却是人尽皆知。他们都躲着我。在所有人眼中，我就是一个玩物丧志、岌岌可危的浪子。老师们对我的种种恶行并不陌生，我曾多次被严厉惩处，迟早被学校开除也是大家意料之中的事情。我自己也知道，我早就不是个好学生了，我逃避现实，自欺欺人，得过且过，但自己也深知这并非长久之计。

上帝有许多途径使人陷入孤独，从而走向自我。那个时候，他也为我铺设了一条这样的道路，那简直就是一场噩梦。肮脏黏腻的呕吐物、摔碎的酒杯、胡言乱语的闲扯，在经历了无数这样的夜晚之后，我终于认清了自己，一个心有魔障的梦游者，痛苦万分、毫不停歇地爬行在丑陋脏乱的路上。在一些梦境之中，在寻找公主的征途上，骑士会误入污秽遍地的街边后巷，会身陷臭气熏天的粪池。我当时的境况就是如此。通过这种并不高明的方式，我使自己成为孤家寡人，在童年和自己之间搭建起了一扇紧闭的伊甸园之门，门口有金光闪闪、冷血残酷的守卫在驻守。这是个开端，是自我觉醒的开端。

　　宿管先生多次写信向我父母发出警示。父亲第一次来到了 St 城，忽然出现在我的面前，我毫无防备，不由得吓得心惊胆战。那年冬末，当父亲第二次来时，任凭他责骂、哀求或者搬出母亲来打动我，我自始至终都是一副铁石心肠、无比冷漠的模样。最后，他勃然大怒。他对我说，如果我不改邪归正，就要让我听凭学校发落。我会带着耻辱被学校扫地出门，然后会被送进少管所。随他的便吧！他临走时，我为他感到难过，但这也无济于事，他走不进我的内心。有时我甚至觉得，他这是罪有应得！

　　我并不在乎自己会变成什么样子。我与世界为敌的方式独特但并不精彩，终日坐在酒馆里夸夸其谈，这就是我的抗争方式。那段时间，我完全是破罐子破摔。有时候，我会产生这种想法：如果世界不需要我这样的人，无法为我们找到更为合适的安身之所，安排更为崇高的任务，那么和我一样的这些人也必然会走向灭亡。那就让世界来承担这一切的恶果吧！

　　那年的圣诞节大家也过得非常不愉快。再次见到我时，母亲吓了一跳。我长高了，消瘦的脸庞看起来苍白干枯，神色憔悴,还有浓重的黑眼圈。刚长出的小胡须和不久前才佩戴的眼镜,让她有些不太习惯。姐妹们哧哧地笑着往后躲。一切都令人十分不快:和父亲在书房里不甚愉快的谈话、亲戚们极不舒畅的问候,尤其败兴的是圣诞夜。我出生以来,这便是家里最盛大的节日,一个喜庆的、充斥着感恩与爱的夜晚,是我和父母重修旧好的夜晚。而在那年的圣诞夜里,所有的一切却都沉重压抑,尴尬难堪。父亲如往年一样诵读了《圣经》中的《西番雅书》:"他们必在那里牧放群羊。"姐妹们如往常一样,喜笑颜开地站在摆放着礼物的桌前,可是父亲的声音听起来却是闷闷不乐,他紧绷的脸上写满了苍老,母亲也露出一副伤心的表情。所有的一切都令我尴尬,让我排斥——礼物和祝福,福音书和圣诞树。姜糖饼的味道香甜,种种甜蜜的回忆也随之被唤醒。圣诞树馨香四溢,讲述着逝去的往事。我只期待着这个夜晚赶紧结束,这个节日赶快过去。

整个冬天就这么过去了。不久前,我才收到学校教务部门的严重警告,威胁着要开除我,让我好自为之。好吧,反正我也无所谓。

我对马克斯·德米安的行为感到深恶痛绝。这段时间,我一直都没有再见到过他。刚到 St 城上学的时候，我曾给他写过两次信，却没有收到任何回复。因此放假期间我也没有再去找他。

初春时节，草木渐渐转绿，我在秋天碰见阿尔方斯·贝克的公园里，遇到了一位姑娘。我正独自在散步，满脑子胡思乱想，心烦意乱。因为我的身体状况不太好，还总是借同学的钱，经济日益拮据，因此不得不捏造出一些必要的开支，好从家里要钱。我已经在好几家商店赊欠了烟酒钱。当然这些烦恼还算不上什么大事——如果我被学校开除、投河自尽或者是被送进少管所的话，那么刚才提到的这些事情就绝对可以说是不值一提了。但是眼下我还是得面对这一堆破事，为此而饱受折磨。

在那个春日里，我在公园邂逅了一位令我着迷的年轻姑娘。她身材高挑修长，穿着优雅，长着一张英气聪慧的脸庞。我对她一见钟情，她就是我喜欢的类型，很快她便充斥了我的脑海。她应该没比我大多少，却更成熟，文雅得体，已经几乎是个年轻的淑女了，只是脸上还略显傲慢与稚嫩，这一点也尤其让我心动。

贝雅特丽斯

我从没成功搭讪过喜欢的姑娘,这一次当然也不例外。但这个女孩却给我留下了前所未有的深刻印象,这段爱恋对我的人生影响深远。

突然之间,我的眼前浮现出一幅画面,一幅高贵典雅而又令人崇敬的画作——啊,我内心的需求与渴望从未像现在这样,从未产生如此深沉、强烈的崇敬与爱慕!我把她唤作"贝雅特丽斯",因为我知道这个名字。虽然我没有读过但丁的作品,但是我看到过一幅英国油画,我还收藏了这幅油画的复刻品。画上是一位前拉斐尔画风的女孩形象,身材修长苗条,头部窄长,双手和面容都很精巧。我喜欢的那位美丽少女与画中人并不十分相像,虽然她也有我钟爱的修长与英气,容貌清丽脱俗、灵性十足。

我与贝雅特丽斯自始至终没有说过一句话,但她当时还是给我的生活刻下了难以磨灭的深深印记。她将自己的形象置于我眼前,为我开启了一片圣地,使我成为庙宇中虔诚的朝圣者。一夜之间,我戒掉了酗酒和浪荡的恶习。我重归孤独,重新乐于阅读,再次爱上散步。

突然的转变让我饱受嘲讽。但我现在有所爱之人、所求之物。我又拥有了信念,生命充满了未知的奥妙和多彩神秘的朦胧——这一切使我得以抵御嘲讽的侵袭。我独自待在家里，成为一幅画像的奴隶与仆人。

想起那段时光，我至今还是抑制不住内心的激动。我又一次尝试用全心全意的努力，在那个支离破碎的生活废墟上建立起一个"光明世界"。我又一次追随着唯一的渴求去生活：肃清内心的阴暗奸邪，全然沐浴在光明之中，跪拜在上帝面前。可是，此刻这个"光明世界"毕竟是我自己创造的，它不再是重回母亲温暖的怀抱，不再是栖身于无须担负责任的安全港湾。它是一种全新的、由我自己创造和追求的使命，它需要有责任感和自控力。一直让我饱受折磨，让我一再逃避的性意识，如今也要在这圣洁的火焰中升华为坚定的灵魂和虔诚的信念。一切黑暗和丑陋都将不复存在，不再有唉声叹气的漫漫长夜，不再为看到色情图片而心跳不已，不再把耳朵贴在门上，去偷听禁忌的事情，不再有淫邪的念头。我搭设起了供有贝雅特丽斯画像的祭坛，我献身于她，献身于灵魂和上帝。我把从黑暗势力手中夺回的生活奉献给了光明。这一次，我追求的目标不再是享乐，而是纯真，不是幸福，而是美好和灵性。

对贝雅特丽斯的狂热已经彻底改变了我的生活。昨天的我还是个早熟的纨绔子弟，今天的我已经栖身庙宇，虔诚敬拜。我不仅舍弃了习以为常的放荡生活，还力图改变一切，将纯净、优雅与尊严带入生活中的点点滴滴，我首先想到的是要在饮食、言谈和着装方面做到这一点。早上，我开始用凉水洗浴，虽然起初这做起来并不容易，必须要有强迫自己的毅力才能坚持下去。我举止庄严肃穆，穿着得体，步伐缓慢而威严。旁观者可能会觉得奇怪，然而在我自己的内心里，却充满了对上帝的虔敬。

为了给自己新的生活态度找到一个表达的出口，我不断尝试各种新的练习，其中有一项对我至关重要。我开始画画。事情的起因是我手上那幅英国的贝雅特丽斯画像与那个女孩并不是十分神似。我想试着为自己画一幅她的画像。我满怀喜悦和憧憬，在我的房间里——近来我有了自己的房间——买好了精美的画纸、颜料和画笔，备齐了调色板、玻璃杯、瓷盘和铅笔。我买到了精巧的小管装丹配拉颜料，这种颜料让我爱不释手。其中那浓郁热烈的铬绿色颜料第一次在小白瓷盘上闪耀的情景，我至今仍历历在目。

我小心翼翼地开始进行尝试，要画好一幅人面肖像并不是件容易的事情，于是我开始先尝试着从别的东西入手。我画出了饰品、花朵和虚拟的小风景，小教堂边的一棵树，还有一座长着柏树的罗马桥。有时，我全然沉浸在这种游戏般的创作中，幸福得像个得到了颜料盒的孩子。最后我才开始描画贝雅特丽斯。

有几幅画画得相当失败，被我扔掉了。我越是想象那天在公园遇到的那个女孩的面容，画面就越模糊。最终我放弃了胡思乱想，径直开始作画，任凭色彩和画笔激起的幻想来引领自己。随之得到的是一副梦想中的面孔，我对此还算满意。随即我继续进行这种尝试，虽然与现实仍有差距，但每一幅画都表达得越来越清晰，越来越接近我的设想。

我越来越习惯拿起画笔，梦幻般地描绘线条、填补空白，没有原型参照，一切都是在游戏般的探索中生成，都源自潜意识。有一天，我几乎是在毫无意识的情况下，终于完成了一幅画像，这幅画作比以往的任何一幅都要更为强烈地表达出了我的情感。这不是那个女孩儿的脸，其实不管我再画多久都不会是。它是不一样的、不真实的存在，但也不无价值。与其说这是个女孩子的脸庞，它看起来更像是一个少年的头像。头发不像我心仪的美丽姑娘那般浅黄，而是棕红色调。下巴挺拔有力，嘴唇红润，整张脸略显僵硬，仿佛一张面具，却令人印象深刻，充满神秘的气息。

坐在完成的画作前，我的心中萌生出一种奇特的感觉。它像是一幅神像，或是神圣的面具，似男似女，看不出年龄，意志坚强而又如梦似幻，呆滞僵硬而又栩栩如生。它在向我倾诉，它属于我，它在召唤我。它也许与某个人相似，但我不知道那是谁。

一段时间以来，这幅画像一直充斥着我的脑海，占据着我的生活。我把它藏在抽屉里，这样没有人能找到它，没有人能嘲笑我。但只要独自一人待在房间里时，我便会把它取出来，与它交流。晚上，我用别针把它别在床上方的墙纸上，注视着它，直到入睡。早上醒来时，它也最先映入我的眼帘。

也正是在那个时候，我又开始经常做梦，就像小时候那样。我好像已经很多年没有做过梦了。如今它们又重现了，一幅幅新鲜的画面，我的那幅画像也越来越频繁地在我的梦中出现。在梦里，它有了生命，能说会道，或与我交好，或与我为敌，有时甚至还会做鬼脸，有时它又貌若天仙，和谐而尊贵。

一天早晨，从这样的梦境中醒来后，我突然认出了它。它似乎十分熟识地望着我，呼唤着我的名字。它好像非常了解我，就像母亲那样，每时每刻都在关注着我。我激动地注视着这幅画，那浓密的棕色头发，半女性化的嘴唇，散发着奇异光辉的挺立额头（画干了以后，自己生出了光晕）。在我的内心当中，我感觉自己越来越接近那个领悟、那个发现，认出了那张脸。

我从床上跳了起来，站在画的前面，仔细打量，刚好面对着那双瞪着的绿眼睛，右眼比左眼画得稍高些。忽然，右边的眼睛眨了一下，轻轻地，但我看得很清楚，正是这眨眼的瞬间，让我认出了画像中的人……

我怎么会这么久才发现呢？这是德米安的脸。

后来，我也经常拿这幅画与德米安真实的样貌做对比。两者虽然十分相似，但还是不尽相同。

然而，这就是德米安。

某个初夏的夜晚，泛红的夕阳穿透西向的窗户，斜照进房间。屋里逐渐昏暗下来，我突然心血来潮，把贝雅特丽斯的肖像，或者说是德米安的，摆在窗台上。夕阳余晖穿过画像照射进来，整张脸的轮廓渐渐模糊，然而泛红的眼眶、额头的光芒、鲜红的嘴唇却仿佛在画板上热烈地灼烧起来。

我坐在肖像前许久也没动弹，直到天色完全暗了下来。

贝雅特丽斯

渐渐地,我产生了这样一种感觉:画上的人既不是贝雅特丽斯,也不是德米安,而是——我自己。尽管画中人并不像我——也没必要像,但我感觉它刻画的恰恰是我的生活、内在、命运,或者说是我的心魔。如果说我有交往的朋友,或者一个爱人,他们应该是画中的模样。我的生与死也将如此,这就是我命运之歌的音符与旋律。

那几周我正在读一本书,这本书给我留下的印象,比我之前读过的任何一本书都更为深刻。在那以后,很少有书能激发我这样的体验,能与之相比较的可能也只有尼采了。那是一本《诺瓦利斯[①]作品集》,里面收录一些书信和格言,虽然看不太懂,但不知为何我被它深深吸引,并为之动容。那天我突然想起其中的一句格言。我拿笔把它写在画像的下方:"命运和气质是同一概念的两个名称"。这一刻我才读懂了这句话的深意。

我还常常会遇见那位被我暗自称为贝雅特丽斯的女孩。现在的我,内心波澜不惊,但依旧能感受到一种温柔的默契与满足感:你我二人紧密相连,但与我投契的并非你本人,

---

[①] 诺瓦利斯(Novalis,1772—1801),德国浪漫主义诗人。

而只是你的意象,你是我命运的一部分。

我对马克斯·德米安的思念越发强烈。几年来,他杳无音信。我只在假期见过他一次,我发现,在自己的日记中没有任何关于这次偶遇的只言片语。我明白,那完全是出于羞耻和自负。而现在,我不得不努力重温当时的记忆。

假期里的一天,我在家乡闲逛。那段时间我经常出入酒馆,所以我的脸上写满了骄傲自大,却又略显疲惫。走在路上,我挥舞着手杖,打量着那些苍老、低贱又千篇一律的市侩面孔。这时,德米安突然迎面走来。我看到他,猛地浑身一颤。就在那一瞬间,我想到了弗朗茨·克罗默。但愿德米安已经忘记了这个故事!在他面前,我总有一种歉疚感,这让我觉得很难受。其实那只不过是个童年时期的愚蠢小故事,但正因为如此,才更让我歉疚。

他似乎在等着我跟他打招呼,见我并无此意,他主动朝我伸出了手。又一次感受到了他的手劲!如此结实、温暖又冷静,充满阳刚之气!

他仔细端详着我的脸,然后说道:"你长高了,辛克莱。"在我看来,他倒没有什么变化,亦老成亦年轻,一如从前。

他与我结伴同行。我们一同散步，聊着一些不咸不淡的话题，对那件往事却避而不谈。我突然间想起来，自己曾多次给他写信，却没有收到任何回复。唉，他最好把这件事也一并忘掉，那些愚蠢透顶的信！对此他也只字未提。

那时我还未曾与贝雅特丽斯相遇，没有那幅画像，我还过着浑浑噩噩的日子。快走到市郊时，我邀请他同去喝酒，他同意了。我故作豪气地点了一瓶酒，把杯子斟满后，和他碰了一下杯，然后特意做出一副熟谙酒场的大学生模样，一饮而尽。

"你经常来酒馆？"他问我。

"算是吧，"我慵懒地说，"不然还能做什么？毕竟你会发现，这里才是最有趣的地方。"

"你这么认为？也许是吧。这里面有些东西是很迷人——心醉神迷，酒神般的体验。可是，在我看来，经常泡酒馆的人，大都已经失去了这种乐趣。我觉得，沉迷酒馆的生活恰恰是最庸俗的行为。是啊，彻夜狂欢，烛光辉映，喝到烂醉如泥，踉踉跄跄。但是，天天如此，一杯接着一杯，难道这就是生活的真谛吗？你想象一下，如果浮士德没日没夜地在酒馆醉生梦死，那成什么样子？"

我一边喝着酒,一边满怀敌意地望着他。

"是啊,恰恰如此,所以并非每个人都会成为浮士德。"我回应道。

他有些惊愕地看着我。

紧接着他笑了,笑声一如既往的活泼而深邃。

"好吧,干什么要为这个争论呢?无论如何,酒鬼和浪子的生活一定比寻常百姓的有趣得多。而且我还读到过,放浪的人生正是通向神秘主义的最佳途径。像圣人奥古斯丁,他的前半生可是地道的享乐主义者、花花公子,后来却成了先知,有不少像他这样的人。"

我很怀疑,心想着绝对不能再受他摆布。于是,不屑一顾地回应道:"是啊,每个人的喜好不同嘛!说实话,我也没想过要成为先知之类的。"

德米安微微眯缝着眼睛,专注地注视着我,似乎早已洞察一切。

"亲爱的辛克莱,"他慢悠悠地说道,"我并不是故意要聊一些事,让你不开心。而且我们俩都不清楚,你现在究竟为什么要这样酗酒。但你的内心应该知道,它决定了你生命的本质。弄清楚这一点就好了:我们的内心,它无所不知,无所不能,每件事都比我们自己做得更好。很抱歉,我得回家了。"

我们匆匆道别。我闷闷不乐地坐在那里,喝光了那瓶酒。准备离开时,我发现德米安已经提前付了账。这让我感到更加恼火了。

这件小事再一次占据了我的思想。我满脑子都是德米安,他在市郊酒馆里对我说的话,一遍遍地在我的脑海里回响,犹在耳畔——"弄清楚这一点就好了:我们的内心,它无所不知,无所不能!"

我望着挂在窗边的画像,画的颜色已经褪减,然而那双眼睛却依然炯炯有神。这是德米安的目光,或者是我内心深处那"全知全能"的目光。

我多么想念德米安啊!我对他一无所知,对我而言,他总是那么遥不可及。我只知道,他现在可能是在某地读大学。高中毕业之后,他的母亲已经搬离了我们这座城市。

我在脑海中搜寻着所有关于马克斯·德米安的记忆,一直追溯到我与克罗默之间的那段往事。他当时曾对我说过的话浮上心头,这些话在今天仍有意义,历久弥新,对我来说振聋发聩！在我们最近一次不甚愉快的会面中，德米安说的一通关于浪子和圣人的话，忽然间，照亮了我的灵魂。我的经历不正是如此吗？我不正是一直沉沦在酒精与污秽之中，麻木而又迷茫，直到我的人生突然有了新的动力？那是一种迥异的力量，那是对纯净和圣洁的向往。

我继续沉溺在往事里。天色已暗，外面还下着雨。我的记忆里也有雨声滴答，那是在栗子树下，德米安向我追问克罗默的事，那是我第一次向他吐露秘密。一段段回忆接踵而至，上学路上的谈话，还有坚信礼课程。最后，我想起了自己与马克斯·德米安的初次相遇。当时是怎样的情景呢？我一时间竟然没有想起来，我慢慢搜寻，将身心完全沉浸至记忆深处。我终于想起来了：他给我讲述了该隐的故事，后来我们站在我家门口，聊起了门上那枚古老斑驳的徽章，徽章镌刻在下窄上宽的拱顶石上。他说，他对它很感兴趣。我们应该对这种东西多加关注。

当晚，我梦见了德米安和那枚徽章。德米安把它拿在手里，徽章的形状一直在变化，有时小巧，颜色晦暗，有时硕大无比，色彩缤纷。但德米安告诉我，那始终是同一枚徽章。最后，德米安竟强迫我吞下了那枚徽章。把它咽下去之后，我恐惧地发现，那腹中的小鸟徽章竟然活了，它填满了我的身体，开始在体内吞噬着我。我魂飞魄散地惊跳起来，顿时清醒了。

醒来时夜深人静，我听到雨水飘进屋子里的声音。我起身去关窗户，脚下却踢到了地上亮亮的什么东西。直到早上我才知道，那是我的画。它湿漉漉地躺在地上，纸面上鼓起一个个小水泡。我把画摊开，上下垫好吸水纸，然后压在一本厚书中间晾干。第二天我再去看时，它已经干了，却变了模样。鲜红的嘴唇褪了颜色，变得单薄，完全就是德米安嘴巴的模样。

我着手描绘一幅新画——那枚鸟形徽章。我已记不太清楚徽章原本的样子。更何况，有些细节即使站近了观察，也辨认不清。因为它的年代太久远了，而且被多次重新涂漆上色。那只鸟站着或是卧在什么上面，也许是朵花，也可能是个篮子或鸟巢，或者是个树冠。我先不想这些细节，而是从我记得最清楚的地方入手。一种莫可名状的动力，驱使我一上手便使用了最浓烈的色彩，我把鸟儿的头部涂成了金黄色。我随心所欲地画了下去，没几天就完成了这幅画作。

我画的是一只猛禽，有着雀鹰尖锐、锋利、凶猛的脑袋。

画的背景是蓝天，鸟的半个身子裹在一个黑色的球体里，仿佛是要从巨卵中挣脱出来。我久久地注视着这幅画，心里越发觉得，这就是我梦中那枚色彩缤纷的徽章。

我不能给德米安写信，哪怕我知道他的地址，也不会写。那段时间我做什么事情都有些魂不守舍，终于我决定把这幅雀鹰图寄给他，不管他能否收到。我什么都没写，连我的落款都没写。我只是小心翼翼地裁剪了画边，买了一只大的信封，写下德米安以前的地址，然后便把它寄走了。

考试临近，我不得不比平时更加用心。自从我突然洗心革面之后，老师们重新原谅了我。现在的我自然算不上是好学生，但不管是我还是其他人，估计都无法想象，半年前的我还差点被学校开除。

父亲的来信也恢复以往的口气，不再对我苛责恐吓。但是，我完全不想向他或是别人解释，我究竟是如何发生了转变。这种转变恰好迎合了父母、老师的期望，但那纯粹是偶然；这种转变并没有拉近我和其他人的距离，我只是变得更加孤独；这种转变令我另辟蹊径，它的前方可能是德米安，也可能是遥远的命运。我正身处其中，懵懂不知。我虽然爱上了贝雅特丽斯，但那段时间里，我同自己的画作以及对德米安的思考一起，生活在一个虚幻的世界里，贝雅特丽斯甚至已经从我的视野和脑海里彻底消失。我无法向任何人诉说自己的梦境、期待，乃至内心的波动，即使想说，也无从说起。

更何况我怎么可能想说呢？

奋力破壳而出的鸟

我画的那只梦中之鸟已经远行，去追寻我的朋友。而我则是以一种出人意料的方式收到了回信。

有一次，在课间休息结束后，我回到了教室里自己的座位上。这时，我发现自己的书中夹着一张纸条。纸条是折起来的，看起来并没有什么特别，就像同学们平时课上偷偷相互传递的纸条一样。我只是好奇谁给我留了这样一张纸条，因为我没有和哪个同学这样交流过。我想，这可能只是某个同学的恶作剧而已，但我不打算参与其中，所以我没有去读那张纸条，而是把它夹在了我的书里面。直到上课后，那张纸条才又偶然落到了我的手中。

我把玩着那张纸条，心不在焉地打开了它，发现那上面写着几句话。我瞥了一眼，目光最终停留在一句话上。看到这句话时，我大吃一惊，立即接着读了下去，在命运面前，我的那颗心如入极寒之地，紧紧缩成一团：

"鸟儿奋力破壳而出，蛋就是世界。若要出生，就必须摧毁世界。鸟儿飞向神灵，神灵的名字叫作阿布拉克萨斯①。"

把这几句话反反复复地读了几遍之后，我陷入了沉思。毋庸置疑，这就是德米安的回应，因为除了我和他，没有人可能知道那只鸟儿，他收到了我的画。他看懂了这幅画，并且在向我阐明它的含义。但是所有这一切到底是怎么联系到一起的？而且，首先让我感到困扰的问题是：阿布拉克萨斯是谁？我从来没有听过或读到过这个词。"神灵的名字叫作阿布拉克萨斯！"

这节课就这样结束了，我在课堂上什么都没有听进去。下一堂课开始了，这是上午的最后一堂课。一位十分年轻的助理老师给我们上这堂课，他刚从大学毕业，我们很喜欢他，因为他十分年轻，也从不在我们面前装腔作势。

---

① 阿布拉克萨斯是波斯神话中的怪物，一种长着公鸡头的怪兽。在基督教异端派别诺斯替教派中，他是信仰的统治者之一。

奋力破壳而出的鸟

在佛伦斯博士的带领下,我们开始读希罗多德①。这门课是为数不多的让我感兴趣的几门课程之一。但在这次课上,我却有些心不在焉。我机械地打开书,但没有跟随老师的讲解,而是陷入自己的心绪中。除此之外,根据我长期以来的经验来看,德米安当时在坚信礼课上跟我说的话确实是至理名言。如果人们的意愿足够强烈,那么他就会成功。当我在课堂上非常专注于自己的心事时,我就完全不用担心老师会来打扰我。但如果我心不在焉,或者感到困倦,那么老师马上就会出现在我面前。这种事情我已经遭遇多次了。但如果我是心无旁骛地在思考,真的陷入了沉思,那时候就不会受到干扰。我也曾经尝试过用坚定的目光去试探别人,屡屡奏效。德米安在的时候我用过这个方法,但没有成功。我现在时常感到,目光和思想有着巨大的魔力。

我现在就这样端坐着,心思既不在希罗多德的作品上,也不在学习上。突然,老师的声音如闪电一般击中了我的意识,我心中不免一惊,顿时回过神来。我听到了他的声音,他就站在我的身旁,我以为他刚刚喊了我的名字。但是他没

---

① 希罗多德(Herodotus,约前484—前425),古希腊作家、历史学家。

有在看我。我松了口气。

这时，老师的声音再次在我耳边响起。这个洪亮的声音念出了这个单词："阿布拉克萨斯。"

老师正在解释着这个单词，我错过了开头的部分，佛伦斯博士继续讲道："从理性主义的视角来看，那些教派的观点和古希腊、罗马时期的神秘主义社团似乎是幼稚的，但我们不能简单地做出这种论断。我们所谓的科学根本不了解那个时代。当时，已经有人对哲学神秘主义的真理进行研究，而且达到了非常高超的水准。从其中的部分研究当中诞生出魔术和用来行骗、害人的鬼把戏。但魔术其实也有着高贵的起源和深刻的思想。阿布拉克萨斯的教义也是如此，之前，我也已经举过例子了。人们把这个名字和古希腊的一种魔法咒语联系起来，更多的是把它看作一个魔神的名字，正如今天还有一些原始的民族依然秉持着这种信仰。但是阿布拉克萨斯似乎还有更多的含义。我们可以把这个名字想象成一位神灵的名字，这样它就具有了象征意义，神性和魔性得以兼具。"

这位身材矮小、学识渊博的男人讲得精彩绝伦、热情洋溢，但并没人在真正专心听讲。因为他再也没有提到那个名字，所以不久之后我的注意力也开始分散，重新回到了自己所思考的问题之上。

"神性和魔性得以兼具"，这句话一直在我耳畔回响。这一点我颇为认同。在我和德米安交好的最后那段时光里，我们经常聊到这个话题。对此，我记忆犹新。那个时候，他是这样说的：如果我们崇敬某位神灵，但是那位神灵刻意只把分离的一半世界（那个正式的、许可的"光明"世界）展现给我们，但我们必须学会崇敬完整的世界，也就是说，我们必须要崇敬一位亦正亦邪的神，或者说，除了侍奉神灵之外，我们还得侍奉魔鬼——现在可以说，阿布拉克萨斯就是那个神，那个亦正亦邪的神。

在很长一段时间里，我都以无比的热情继续追寻着那个足迹，但是没有取得任何进展。我也翻遍了整个图书馆，寻找阿布拉克萨斯的相关资料，但也是一无所获。但我的心性从未打算目标明确、执着无比地去寻找什么，因为如果我们这样做，最终发现的真理常常只会令我们徒增烦恼。

贝雅特丽斯的形象，那个一直以来都让我魂牵梦萦的形象，逐渐在我心中沉寂。或者说，她缓缓离我而去，渐渐接近地平线，越来越缥缈，越来越遥远，越来越模糊。她再也不能使我的心灵得到满足。

我像是一个梦游者,在自己的心中精心创造了一个空间,在那里开始萌生出一种新的追求。对生活的渴望之火在我的体内熊熊燃烧。更确切地说,我曾经一度将对爱情的渴望、性的冲动转化成了我对贝雅特丽斯的爱慕,而现在,这种渴望需要有新的图景和目标。我的渴望一直未能得到满足。去欺骗我的渴望,或者像我的那些男同胞那样期待在女孩子们的身上碰碰运气,对我来说,这比以往任何时候都更加难以实现。我又开始频繁地做梦,虽然大多在白天而非夜晚。我的想象、图景或者愿望在我的眼前浮现,把我从外部世界抽离,以至于我与心中的这些图景、这些梦想或者阴影的交流更为真实、更为活跃,远胜于我与现实环境的交流。

有一个特定的梦,或者说是一个反复重现的幻景游戏,对我来说意义非凡。这个我生命中最重要、最持久的梦境大致是这样的:我回到父亲的家中——在大门的上方,那个鸟形徽章在蓝色的背景下正闪烁着金色的光芒——屋内,我的母亲正朝我走来,但当我走进去想拥抱她的时候,却发现那不是我的母亲,而是我从未见到过的一副面孔,高大威武,既像德米安,又像我画的那幅图画,但又不太一样,尽管十分威武，却是一副十足的女性面孔。

这个人把我拽到了她的身旁，然后给了我一个恋人式的拥抱，我们缠绵在一起，情深意切而又令人战栗。幸福和恐惧的感觉交杂，这场交合是一个神圣的仪式，同时也是一桩渎神的罪过。我关于母亲和我的朋友德米安的回忆，都幻化在梦中拥抱我的这个人身上。与她交合有违伦常，却又神圣无比。我常常怀着巨大的幸福感从梦中醒来，也经常感到深深的恐惧，内心十分惶恐歉疚，就好像自己犯下了滔天大罪。

在寻找这位神灵的过程中，我不知不觉地渐渐将内心深处的这个意象，与外界对我的暗示联系在了一起。之后，这种联系变得愈加紧密、愈加深沉。我逐渐觉察到，自己正是在这种预知性的梦境中呼唤着阿布拉克萨斯。幸福和恐惧，男性和女性同体相生，圣洁和丑陋交织纠缠，深深的罪责在最温柔纯洁中闪现，我的爱之梦便是如此，阿布拉克萨斯亦是如此。爱不再是阴暗的兽欲，如同我最初惧怕的那般；爱也不再是超然物外的虔诚爱慕，就像我在贝雅特丽斯的画像中体会到的那样。它是两者兼具，甚至超乎其外。它一面是天使，一面是撒旦，男人和女人、人性和兽性、至高的善和极大的恶融为一体。在我看来，去体验这种生活似乎是一种必然，去品味这一切就是我的命运。我对它充满渴望，又心怀恐惧，我梦想得到它，又想逃避它。但它一直存在，一直掌控着我。

按理来说，来年春天，我就应当高中毕业，去读大学。但我还不知道去哪所大学，去学些什么。我的唇边已经长出了一圈小胡子，我已经长大成人了，但是我依然感到茫然无助，也没有任何目标。我唯一能确定的就是：我体内的那个声音，那幅梦中的图景。我感觉，自觉遵循它的指引就是我的使命。但是，对我而言，这并非易事，所以我每天都在同它抗争。

我是不是疯了，也许我和其他人不一样？这样的念头不止一次地出现在我的脑海里。但是其他人能办到的，我也能做到。只需要付出一点点努力，我就能读懂柏拉图的书，就能解决几何问题，或者理解化学分析。只有一件事我还做不到，那就是：挖掘出我内心深处隐匿的目标，把它的图景绘制在我的面前。就像其他人那样，他们清楚地知道，他们将来会成为教授或是法官、医生还是艺术家，这条路要走多远，会有些什么好处。这一点我却无法做到。也许某一天我也会从事那些职业，但我又怎么会知道呢？也许我还得不停地寻寻觅觅，经年累月，最终一无所获、一事无成。也许我也能终有所成，但得到的却是糟糕、危险、可怕的结果。

我想要的无非是努力按照自己本来的样子去生活。为什么竟如此艰难？

我常常试图勾画出梦中那位威严的情人形象，但从来没有成功过。如果我真的把它画出来了，我就会把它寄给德米安。可是他又在哪儿呢？我并不知道。我只知道，他与我紧密相连。可是什么时候我才能再见到他？

那几周令人惬意的宁静和对贝雅特丽斯魂牵梦绕的日子早已成为过往。那个时候，我仿佛来到了一个小岛上，终于找到了内心的平和。但事情总是这样，几乎没有一种状态能令我满足，就连梦境也已经开始变得枯燥、模糊，无法让我感到幸福。失之交臂之后怨天尤人，终究是徒劳无益！欲求不满和焦灼的等待让我生活在水深火热之中，常常让我彻底陷入愤怒、癫狂的状态。

梦中情人的影像时常浮现在我的眼前，栩栩如生，甚至比我自己的双手还要清晰明了。我同它倾心相谈，在它面前痛哭流涕，对它破口大骂。我称它为母亲，跪倒在它的面前，泪流满面；我称它为情人，期待它那成熟、销魂的热吻；我称它为魔鬼和妓女、吸血鬼和杀人犯。它引诱我进入柔情蜜意的情爱梦境，投身放荡淫乱的污秽之地。对它来说，没有什么是美好的、珍贵的，也没有什么是丑恶的、下流的。

那整个冬天，我经历了一场难以描摹的内心风暴。我早已习惯了寂寞，寂寞不再令我内心压抑，我和德米安、和雀鹰、和梦中那个雄伟的幻影一起生活，它是我的命运，它是我的情人。这便足以让我安身立命，因为所有的一切都令人笃生志存高远的宏愿，所有的一切都让人联想到阿布拉克萨斯。但是这些梦境和我的这些想法，没有一个服从我的调遣，没有一个听从我的召唤，没有一个我可以随心所欲地去摆布。它们扑了过来，将我擒获，我被它们所统治，依赖它们生活。

在外界看来，我持重沉稳。我不惧怕任何人，我的同窗伙伴们也意识到了这一点，甚至在私下里对我极为敬佩，这常常让我暗暗发笑。如果我愿意，我能够对他们中的大多数人了如指掌，我的这种伎俩也常常让他们大吃一惊，只是我很少或者从来都不愿意这样做。我总是沉浸在自己的生活当中，不断地审视自我。其实，我的内心充满了渴望，渴望最终能够轰轰烈烈地活一场，自己能为这个世界做点什么，能与它产生某种联系，能与它抗争。有时候，我会在夜里穿越大街小巷，因为内心焦躁不已，直到夜深才返回家中。有时候，我会幻想，现在，就是现在，我一定可以遇到我的梦中情人，走过下一个街角，她就会从最近的窗口呼唤我。有时候，对我来说，似乎所有的这一切都令我感到无法承受的痛苦，我甚至一度准备结束自己的生命。

那时候，我最终为自己找到了一个奇特的避身之所——就像人们说的那样，经由一次"偶然"。但是世间并不存在这样的偶然，如果一个人迫切需要某样东西，那个东西对他来说是志在必得，那么他得到这样东西就不是出于偶然，而是他自己、他的渴望和他的使命引导他走到了这里。

有那么两三回，在穿越市区的路上，我听见城郊的小教堂里传来了管风琴的声音，但我并没有停下脚步。当我最近一次经过那里的时候，我又听见了那声音。我听出，演奏的是巴赫的曲目。我走上前去，发现大门紧闭。因为那个巷子里几乎没什么人，我就坐在教堂旁边的一个石栏上，裹了裹大衣，凝神静听。管风琴虽然不大，但应该是一架好琴，弹奏得很棒，非常动听，可以算是炉火纯青，但是流露出一股极为独特、不屈不挠的刚强意志。那乐声听起来像是在祈祷。我的内心产生出这样一种感觉：那位演奏者，他知道在这首曲子中蕴藏着宝藏，他在坚持，在追求，为了这个宝藏而不懈努力，就如同为了自己的生命在奋斗。我对音乐所知有限，尤其是在技巧方面。但自从孩提时代开始，我便对这种心灵的表达有着一种本能的理解，音乐是我心中一种自然而然的东西。

之后，那位音乐家还弹奏了几首现代一点的曲子，可能是雷格[①]的。整座教堂几乎完全暗了下来，只有一点微弱的光穿过近旁的一扇窗户透了出来。我静静地听着，直到乐声终了。然后我在教堂外踱来踱去，直至看到管风琴师走了出来。他还是个年轻人，但比我年长一些，身材矮小而结实。他走得很快，脚下的步伐矫健有力，但似乎又有些不太情愿的样子。

从那以后，有时候在傍晚时分，我就会坐在教堂前面，或者在那里徘徊。有一次，我发现大门是敞开的，就走了进去，在排椅上坐了半小时，我的身体冷得瑟瑟发抖，但内心十分高兴。而那位管风琴师就在上面微弱的煤气灯旁演奏。从他演奏的音乐中，我不只是听出了他自己。我还发觉，他

[①] 马克斯·雷格（Max Reger, 1873—1916），德国作曲家、钢琴家、管风琴家。

演奏的所有东西，都是彼此关联的，都有着一种神秘的联系。他演奏所有的乐曲时，都满怀信仰、全心全意、虔诚无比，但他的虔诚不是那些前来教堂的信徒和牧师表现出来的那种虔诚，而是像中世纪的朝圣者和乞讨者那般虔诚，毫无保留地将自己奉献给一种普世情感，而这种情感超越了世间的一切信仰。

巴赫之前的一些音乐大师的作品也被他反复弹奏，其中包括一些古老的意大利曲目。所有的乐曲都在传递相同的内容，所有的乐曲都在诉说乐师灵魂深处的东西：渴望，对世界最诚挚的理解，以及自我同世界最狂野的再度分离，对自己黑暗灵魂的殷切聆听，对美好事物的全心投入和深切好奇。

有一次，当那位管风琴师离开教堂后，我悄悄地跟随在他后面。我远远地看到他朝城郊走去，进了一家小酒馆。我不由自主地跟着他走了进去。在那里，我才第一次清清楚楚地看到了他的模样。他坐在酒馆角落里的一张桌子旁，头上戴着黑色的皮帽，面前放着一杯酒。他的样貌正如我之前料想的那样，面容丑陋，又有些粗犷，表情像是在搜寻什么，流露出一股倔强、顽固与坚毅，与此同时，嘴唇看起来苍白而又有点孩子气。眼睛和额头尽显他的男性气概和刚强气质，而脸庞的下半部分显露出来的却是温柔、稚嫩和不羁,有一点女性化,下巴显得优柔寡断,充满男孩子气,与他的额头和目光截然相反。我很喜欢他那双深褐色的眼睛,骄傲又充满敌意。

我默默地坐到了他的对面,酒馆里没有其他人。他瞪着我,似乎是想要赶我离开。我端坐在那里,毫不退却地盯着他,直到他恶狠狠地咕哝道:"你到底在看什么?你是想找我的茬儿吗?"

"我并无此意,"我回应说,"我已经从您身上获益良多。"

他皱了皱眉头:"那么,你是一个音乐爱好者吗?我觉得痴迷音乐实在是令人恶心。"

我并没有被他吓倒:"我以前经常去听您的演奏,在那个教堂的外面,"我接着说道,"我其实完全没有想纠缠您的意思。我觉得,我可能在您身上发现了一些东西,一些特别的东西。我说不清那究竟是什么。不过,您可以不必理会我,我只要能在教堂里聆听您的演奏就好。"

"可我总是关着门的。"

"上次您忘记关门了,所以我就坐到里面去了。通常,我会站在外面，或者坐在那个石栏上。"

"原来是这样。下一次，你可以进来，里面会暖和一些。你只需敲敲门就好，要用力敲，但不要在我演奏的时候敲。今天就这样吧——你想说什么？你还很年轻，应该是个中学生或者大学生吧。难道你是个音乐家吗？"

"不。我喜欢听音乐，但仅仅是喜欢您演奏的那种乐曲，特定的乐曲，这种乐曲会让人觉得，有一个人在撼动天堂或者地狱。我非常喜欢那种音乐，我觉得，这是因为它是不太遵循道德规范的。而其他的音乐都是恪守道德规范的，所以我在寻找一些不同的东西。我深受道德之苦，我无法充分地表达我自己的想法。您知道吗？世上一定有这样一位神，他同时既是神灵又是魔鬼。曾经应该有过这样的神，我听说过。"

这位乐者将那顶宽大的帽子往后推了推，宽阔额头前的黑色头发也随之甩了几下。与此同时，他用敏锐的目光打量着我，然后俯身越过桌子，将他的脸向我贴近。

他紧张地低声问我道："你说的那个神叫什么名字？"

"可惜我对他知之甚少，其实只知道名字，他叫'阿布拉克萨斯'。"

这位乐者似乎有些怀疑地环顾了一下四周，就好像可能有人会偷听我们的谈话一样。然后他挪到更靠近我一些的位置,接着耳语道:"我也思考过这个问题,你究竟是什么人?"

"我是一名高中生。"

"你是从哪里知道的阿布拉克萨斯?"

"一次偶然的机会。"他拍了一下桌子,酒杯里的酒溢出来了一些。

"偶然!年轻人,少胡说!你记住,人们可不是出于偶然,而知道了阿布拉克萨斯。我可以跟你讲更多关于他的事情。关于这个神,我多少知道一些。"他沉默了下来,然后将自己的凳子又拖了回去。当我满怀期待地看着他的时候,他做了一个鬼脸。

"这些话不能在这里讲!下次吧。来,接着!"他边说边把手伸进了身上大衣的口袋里,掏出了几颗烤好的板栗扔给了我。我没有说话,接过板栗,心满意足地吃了起来。"那好吧!"过了一会儿,他耳语道,"说说你是怎么知道他的。"

我毫不犹豫地将来龙去脉告诉了他。

"我之前很孤独,很无助。"我讲述道,"那个时候,我突然想起了早年的一个朋友,我觉得他见多识广。我画了一样东西,一只破壳而出的小鸟。我把这幅画送给了他。过

奋力破壳而出的鸟

了一段时间,令我难以置信的是,我居然收到了一张纸条,上面写着:鸟儿奋力破壳而出,蛋就是世界。若要出生,就必须摧毁世界。鸟儿飞向神灵,神灵的名字叫作阿布拉克萨斯。"

他没有搭话,我们剥着手中的板栗,拿来下酒。

"我们再来一杯?"他问道。

"谢谢,不用了。我不太喜欢喝酒。"

他笑了笑,看起来有点失望。

"那就不勉强你了!我还挺想喝的。我还要再坐一会儿,你现在要是想走就走吧!"随后,我又去听了他的管风琴演奏。演奏结束后,我便与他同行。这次,他变得沉默寡言。他带我走进了一条旧巷子,走进一座古老而雄伟的房子,上楼来到了一个年久失修、光线有些昏暗的大房间里,里面除了一架钢琴,再没有什么和音乐有关的物件,而那个大书柜和写字台为整个房间平添了一股书卷气。

"您有好多书啊!"我赞许道。

"其中有一部分是从我父亲的图书馆里拿来的,我住在他那儿。是的,年轻人,我住在父母的家里,但是我不能把他们介绍给你认识,我的行为在这个家里得不到尊重。你知道吗？我是个迷途的孩子。我的父亲是一个十分受人尊敬的人，他是这个城市里一个有名的牧师和布道者。至于我嘛，不说你也明白，我就是他那天赋异禀、大有前途的宝贝儿子，但后来却偏离了正道，变得有些疯癫。我原本是读神学的，国考开始前夕，我放弃了那个幼稚的专业。但我其实还一直在研究这个领域，不过只是我个人的研究。人们从想象中创造出了一些什么样的神，对我来说，这依然是首要的问题，也是最让我感兴趣的问题。此外，我现在还是个乐师，照眼下的情形看，不久之后，我会得到一个小小的管风琴师的职位。这样一来，我也还算是在为教会工作吧。"

我沿着书脊浏览，发现有希腊文、拉丁文、希伯来文的书名，在小台灯微弱的灯光下我只能看到这么多了。这会儿，在昏暗的光线下，我的朋友靠着墙边躺到了地上，然后在那里捣鼓起了什么。

"你过来一下，"过了一会儿，他对我喊道，"现在让我们做一点哲学练习吧，也就是闭上嘴巴，趴在地上思考。"

他划燃了一根火柴，点着了他面前壁炉里的纸片和木柴。火苗蹿了起来，他拨弄了几下，又小心翼翼地添了点柴火。我趴在他旁边的破地毯上。他盯着火苗，那火苗也吸引着我，

奋力破壳而出的鸟

我们一言不发地趴在跳动的火焰前，可能有一小时，看着火焰熊熊燃烧、噼啪作响，火势减弱、收敛，忽明忽暗、逐渐暗淡，最终化为地上的一堆平静、沉寂的灰烬。

"拜火还算不得人类最愚蠢的发明。"他突然嘟囔了一句。除此之外，我们两个人始终一言未发。我目光呆滞地盯着那堆火，全身心陷入了梦幻与宁静，我仿佛看见烟雾中人影憧憧、灰烬中幻象迭生。我忽然吓了一跳，因为我的同伴把一块树脂扔进了炙热的火堆里，一道细小的火焰倏然腾起。那道火焰在我眼中化作了那只长着黄色雀鹰脑袋的小鸟。在逐渐熄灭的炉火中，那些金黄、炽热的线汇织成网，仿佛有字母和图画显现，让人联想到面孔，联想到动物，联想到植物，联想到虫子和蛇。当我回过神来望向旁边的那位时，他正凝视着火焰，双手托着下巴，盯着灰烬出神。

"我得走了。"我轻声说。

"嗯，那你走吧，再见！"

他没有起身。因为那盏灯已经熄灭了，我不得不艰难地穿过昏暗的房间、幽暗的过道和楼梯，从那幢仿佛被施了魔法的老房子里摸索着出来。我在街上停下了脚步，抬头仰望着那幢老房子。所有的窗户没有一丝灯光。在煤气路灯的照耀下，门前的一个黄铜牌匾在闪闪发光。

"皮斯托留斯，首席牧师。"我读着那块牌子上的字。

直到回到家中，我吃过晚饭后独自坐在自己的小房间时，我才想起来，我既没有获得任何关于阿布拉克萨斯的信息，也没有弄清与皮斯托留斯有关的任何事，我们之间的谈话几乎没有超过十句。但是这次对他的拜访令我非常满意。他答应我，下次会为我弹奏一段精彩的古老管风琴乐曲——一段布克斯特胡德的帕萨卡里亚舞曲①。

在我毫无察觉的情况下，在他的那个阴暗的隐居室里，当我和他匍匐在壁炉前的地板上时，管风琴师皮斯托留斯就已经给我上了一课。那次凝视火焰的经历对我颇有启发，它加强和验证了我长久以来的偏好，但我之前其实从来都没有养成这样的习惯。渐渐地，我才开始有了一点领悟。

早在孩提时代，我有时就喜欢关注自然界中异乎寻常的奇妙现象，不是去观察，而是全身心地投身它们自身的魔法中，它们杂乱无章、深奥无比的语言中。早已木质化的树根，

---

① 帕萨卡里亚舞曲原为西班牙与意大利的民间舞蹈，后发展为器乐形式。

岩石上彩色的纹路，浮在水面的油斑，玻璃上的裂缝——所有这些类似的事物，都深深地吸引了那个时候的我，比如水和火、烟雾、云彩、灰尘，尤其特别的是，当我闭上眼睛时所看到的那些旋转的光斑。在我初次拜访了皮斯托留斯之后的那几天里，我开始再次回想起这些事情。因为我察觉到，自从那时起，我似乎变得活泼快乐了许多，我的情感也变得更为浓烈，而这一切都完全归功于那次久久凝视火焰的经历。这样的体验竟能让人获得如此奇特的愉悦感和充实感！

迄今为止，在我寻找自己生活目标的道路上，这样的体验寥寥可数。现在，在以往积累的基础上，我又增添了一样新的体验：审视这类意象，对自然神作的迷恋。沉迷于大自然中非理性的、杂乱的、奇特的各类形态，这会使我们心中产生一种和谐之感，我们的内心与促使这些意象产生的意志相互共鸣——我们很快将其视为我们自己的心情，运用于我们自己的创造——我们会发现，自我和自然分离的界限开始动摇、消逝。我们会产生这样的情绪：我们搞不清楚，出现在我们视网膜上的投影，到底是源自外在还是内在的印象。在这个练习中，我们会发现，我们是多么神奇的造物，我们的灵魂一直是这世界永恒创造的一部分。这其实是再简单不过的道理。更确切地说，它是一种不可分割的神性，这种神性在我们的内心和自然界中运行不息。当外部世界崩塌，我们之中的某个人就能够将世界重建。因为山川和洪流、树木和枝叶、根茎和花朵，所有这些大自然的造物早已在我们心中形成，诞生于本质永恒的灵魂，它们的本质我们无法认清，却常常表现为生命力和创造力而被我们感知。

几年之后，我才在一本书中证实了我的这种观察，确切地说，是经由达·芬奇之口。他曾说过，观察一堵被人吐满唾沫的围墙是件多么深刻、多么令人刺激兴奋的事情。面对着潮湿的墙上的那些污渍，他的感受与皮斯托留斯和我在火焰前的感受如出一辙。

当我们再次会面时，那位管风琴师给我做了一番解释。

"我们总是把自己的个性界定得过于狭隘！我们只是把那些个体的区别、异类的认知视作我们的人格。但是我们的存在源自整个世界的存续，我们中的每个人都是如此。就像我们的体内都携带着世界发展的谱系，可以追溯回鱼类，甚至追溯到更久远的时候。因此，在我们的灵魂之中也都携带着人类灵魂曾经经历的一切，所有存在过的神灵和魔鬼，希腊的、中国的或是祖鲁人的，他们也都存在于我们的心中，作为潜在的可能性、愿望、出路而与我们同在。即使人类濒临灭绝，只剩下唯一一个天资平凡的孩子，即使这个孩子没有受过任何教育，他也会重新找到万物运行的轨道。他会发现神灵、妖魔、天堂、戒律和禁忌、'新约'和'旧约'，所有的这一切都会被重新创造出来。"

"嗯，好吧，"我反驳道，"但这样一来，个体的价值又在哪里呢？如果我们在自己的体内已经拥有了一切，那为什么我们还要去奋斗？"

"胡说！"皮斯托留斯声嘶力竭地吼道，"你拥有这个世界是一回事，你是否觉察这一点是另外一回事，这两者有着天壤之别！一个疯子可以提出让人联想到柏拉图的观点，一个摩拉维亚兄弟会[①]的虔诚的小学生，可以对神话之间的深刻关联性进行创造性的思考，在诺斯替教派[②]信徒或者琐罗亚斯德教[③]信徒的脑海中，也会出现这样的想法。但这个

[①] 摩拉维亚兄弟会是一个西方基督教新教教派，起源于波希米亚（今捷克），有时被称为波希米亚兄弟会。

[②] 诺斯替教是基督教异端派别，罗马帝国时期在地中海东部沿岸各地流行的许多神秘主义教派的统称。

[③] 琐罗亚斯德教是伊斯兰教诞生之前西亚最有影响的宗教，古代波斯帝国的国教，在中国被称为祆教。

小学生对此一无所知，只要他不知道这一点，那么他就和一棵树或是一块石头没什么两样，顶多不过是一只动物而已。但是当这种知识的火花第一次闪耀时，他就成了人。你难道会把所有走在街上的两腿动物都称之为人，仅仅是因为他们能够直立行走或者生儿育女？你看啊，他们中有多少蝼蛄鼠辈！现在，他们中的每个都有机会成为人，但是首先他必须了解这种可能性的存在，甚至学会有意识地去认识这种可能性，这样一来，这些机会才属于他。"

我们的谈话大致就是这样。这种交谈很少能给我带来前所未有、震撼人心的非凡体验。但是，所有的这一切，即使是那些最平庸的东西，都会在我内心相同的地方不停地轻轻敲击，所有的这一切都会助我去成长，帮我剥去外皮，打破蛋壳。这样的每一次经历都会让我把头仰得更高一些，变得更加自由，直到我的那只金黄色的小鸟冲破残破的世界之壳，露出它那美丽的脑袋。

我们也经常向彼此讲述自己的梦境。皮斯托留斯非常善于解梦，我还记得一个非常精彩的例子。我梦见自己可以飞翔，但似乎是被一股巨大的力量甩向空中，这让我失去了控制。飞翔的感觉着实美妙，但不久之后，这种感觉就变成了恐惧，在险象环生的高空，我身不由己地越飞越高。就在这个时候，我突然发现了，我可以通过呼吸来控制自己的上升和下降。

　　对于这个梦，皮斯托留斯是这样解释的："那个推动你飞翔的力量，是我们人类的伟大天赋，这项天赋每个人都具备，它是一种同所有力量的源泉互相链接的感觉，但不久之后人们也会随之感到恐惧！因为它危险至极！大多数人都放弃了飞行，更喜欢循规蹈矩地在地面行走。但是你不会这样选择，你会继续飞翔，正如一个勇敢的男孩应有的样子。你等着瞧吧，这是一件多么奇妙的事情，慢慢地你就可以掌控那股力量，那股卷走你的力量会变成一种巨大无比、无所不能的力量，随之出现的还有一种精细、微小的自我力量，一种机能，一个方向舵！这真是妙不可言。没有它们的控制，人们就会无缘无故地飞向外太空，比如那些疯子就是如此。你比那些遵纪守法的公民，有着更为深刻的认知，他们没有用来掌控的钥匙和方向舵，只能呼啸着跌落到无底深渊。但是，你，辛克莱，你却做到了！怎么做到的，难道你真的毫无察觉吗？你凭借的是一种新的机能，新的呼吸调节法。这时，你会发现，你的心灵深处的'个性'并非那么罕见，并不是你的心灵发明了这个调整器。它并非新的创造！它只是借鉴，已经存在了数千年，那就是鱼的平衡器官——鱼鳔。事实上，今天还有一些极为罕见的古老鱼类，鱼鳔也是它们的肺，在必要条件下能够呼吸空气。你在梦里使用的飞行鳔，和这种肺的运作道理如出一辙。"

他甚至给我带来了一本动物学的书，给我展示那些古老鱼类的名称和插图。怀着一种奇特的敬畏，我暗暗感觉到，一种古老的机能正在我的心里苏醒。

雅各布的摔角

从音乐怪才皮斯托留斯那里，我知道了许多关于阿布拉克萨斯的事情，但实在是难以一言蔽之。最重要的是，我在他那里学到的东西，使我在走向未来的路上又迈进了一步。我当时十八岁左右，是个有点怪癖的年轻人，在很多事情上有些早熟，但在另外一些事情上又很迟钝软弱。我反反复复地把自己同他人进行比较。时常自鸣得意、不可一世，但也经常垂头丧气、自惭形秽。我经常把自己视为天才，又往往认为自己几近癫狂。同龄人的快乐和生活不属于我，指责和忧虑也常常令我心力交瘁，似乎我已经被他们彻底摒弃，好像生活已经对我关闭了大门。

皮斯托留斯，他自己也是个古怪的成年人。他教会我如何保持勇气和自尊，在我的言谈、梦境和想象里，他总能发现特别珍贵的亮点。然后他认真地和我讨论,这种方式给我树立了一个良好的榜样。

"你曾经跟我提过,"他说,"你之所以喜爱音乐,因为音乐无关道德。我同意这样的观点,你完全没必要做一个卫道士!你不用总将自己和别人比较,如果大自然让你当蝙蝠,你就不可能变成鸵鸟。有的时候,你会自命不凡,另外一些时候,你又会因为自己走了和别人不同的路,而自怨自艾。你得改掉这些毛病。你看看火,看看云,然后灵感就来了,你内心的声音就会开始说话,只需要把自己交付于它们。没必要一开始就问自己:这样是否可以让老师、父亲或者哪位亲爱的神灵满意!如果这样瞻前顾后,你就完了,就会故步自封、老气横秋。亲爱的辛克莱,我们的神叫作阿布拉克萨斯,他是上帝也是撒旦。在他的体内,有光明也有黑暗的世界。阿布拉克萨斯接纳所有人的思想或者梦幻,你永远不要忘记这一点。但如果你变得庸常,循规蹈矩,他就会离开你,去寻找新的大脑,来孕育他的理念。"

在我所有的梦境当中,那个黑暗的爱情之梦总是挥之不去。我一次又一次地梦见自己迈进我们的老房子,头顶是那枚小鸟徽章。我想去拥抱我的母亲,然而抱住的却是那个不男不女的高大女人，我对她心怀恐惧，但又无比向往。我永远不会向皮斯托留斯讲述这个梦境。我把其他的一切都向他坦白，但我没有提到它。这是我的角落，我的秘密，我的庇护所。

心情低落时，我就会请求皮斯托留斯给我演奏老布克斯特胡德的帕萨卡里亚舞曲。坐在暮色沉沉的教堂里，我迷失在这奇特、真挚的乐曲里，仿佛在聆听自己。这首曲子总能让我感到无比舒畅，令我更加快乐，认同内心的声音。

管风琴声沉寂下来之后，偶尔我们还会再逗留片刻，坐在教堂里，看着微光穿过高高的尖顶式窗户，直至渐渐消逝。

"我以前是学神学的，还差点做了牧师。这听起来有点儿奇怪，"皮斯托留斯说道，"但那只是个形式上的错误。做牧师是我的职业，也是我的目的。只不过，在知道阿布拉克萨斯之前，我过早就心满意足，虔诚信奉耶和华。啊，每种宗教都是美好的。宗教即是心灵，不管你是吃基督教的圣餐还是去麦加朝圣，大家都是一样的。"

"其实你本来是可以成为牧师的。"我说道。

"不，辛克莱，不。那样我就不得不撒谎了。我们宗教的运作方式，好像不是宗教一样。它运作起来，就好像是一间理智工厂。没有选择的话，我可以信天主教，但是新教的牧师——不！那些真正的信徒——我认识那些人——总是恪守文字的规定，我不能跟他们说，耶稣基督于我而言，不是一个人，而是一个英雄，一个神话，一个伟大的投影，人类会看到自己在永恒之墙上的投影。其他的一些人，他们去教堂，为的是去听睿智的话、履行某项义务，为了什么都不耽误，诸如此类。我应该对这些人说什么呢？让他们皈依宗教，你是这样想的吗？但是我坚决不会这么做。牧师并不想让人皈依宗教，他只想在他的教民中，在和他一样的人中生活，他想要成为我们敬神之心的载体和表达。"

他停顿了一下，接着说道："现在，我们这个新的信仰选择了阿布拉克萨斯之名，亲爱的朋友，我们这个新的信仰是美好的，它是我们所拥有的最美好的东西。但它还是一个婴儿啊！它的羽翼尚未丰满。啊，无人敬畏的宗教也算不了真正的信仰。它必须是集体共同拥有的，它必须有狂热与迷醉、庆典和祭礼……"

他沉思着，沉浸在自己的世界里。

"难道不能独自一人，或者在小范围内举行这种神秘的仪式吗？"我犹豫着问道。

雅各布的摔角

"已经可以了,"他点头回应道,"很久以来,我就已经这样做了。我参与过一些礼拜仪式。如果这件事情被人知道,我可能要为此坐上几年牢。但是我知道,这还远远不够。"

突然,他拍了拍我的肩膀,吓了我一跳。"年轻人,"他诚恳地说,"你也有秘密的宗教仪式,我知道,你一定有没跟我说过的梦。我不想知道那是什么样的梦。但是我要告诉你的是:去实践这些梦想,去演绎它们,为它们搭建起祭坛吧!它虽不完美,却是一条道路。我们,你和我还有一些其他人,是否会改善世界,让我们拭目以待。但在内心世界里,我们必须每天都让世界更美好一些,否则我们将一无所成。你要记住这一点!你十八岁了,辛克莱,你没去寻花问柳,说明你对爱情一定怀有自己的梦想和愿望。也许你会对它们心怀恐惧。别害怕!它们是你所拥有的最美好的东西!相信我,我在你这个年纪,放弃了自己的爱情梦想,因而错失了很多。我们一定不能这样做!既然已经了解了阿布拉克萨斯,我们就不能再这样做了。我们不能惧怕任何东西,无须将自己内心呼唤的任何东西视为禁忌。"

我惊讶地反驳道:"但是我们总不能为所欲为吧!我们总不能仅仅因为讨厌某个人,就把他杀掉吧。"

他动了动,更靠近了我一些。

"必要时我们也可以这样做。只不过大多数时候,这是一个错误的做法。我并不是说,你应该毫无顾忌地去做自己想做的事情,不是这样的。但是,对于那些合理的想法,你不应该去排斥它们,用道德说教来批判它们,否则只会让其走向反面,变得有害。我们可以一边满怀庄严地畅饮杯中的美酒,一边将它们看成神秘宗教的献祭,而不是把自己或者别人钉到十字架上。无须这种行为,我们可以用尊重和爱,来面对自己的各种欲望和那些所谓的诱惑。然后,它们就会展现出它们的意义,它们都有各自的意义。如果你又产生了一些无比美好或者极其邪恶的念头,辛克莱,如果你想杀掉某人,或者想做某件非常下流的事,那时候你想一下,那是阿布拉克萨斯,他在你体内制造的幻象!那个你想杀掉的人,从不是如此这般的人,他肯定只是一个假象。如果我们憎恶一个人,我们憎恶的是那些在我们自己身上存在,而又在他们身上反映出来的东西。我们自身所不存在的问题,是不会让我们的情绪产生波动的。"

皮斯托留斯对我说过的话,从未如此深入地触及我内心最隐秘的角落。我沉默以对,让我百感交集的是,他的这些劝诫和德米安当初的话如出一辙。多年来，这些话一直在我的心头萦绕。他们彼此互不相识，却对我说出了相同的话。

"我们看到的事物，"皮斯托留斯轻声说，"同时也是存在于我们自身的事物。没有什么事物会比存在于我们自身的事物更加真实。所以大多数人才会生活得如此虚假，因为他们将外面的幻象看作真实之物，而根本不会去关注自己的内心世界。我们对此感到心满意足。但是一旦我们接触了事物的另一面，我们就注定会走上一条不再平凡的道路。辛克莱，大多数人走的是一条轻松的道路，而我们选择的则是一条艰难的道路。我们走吧。"

在之后的几天里，我等了他两次，但都徒劳无果。直到一天晚上很晚的时候，我才又在街上遇到了他。在寒冷的晚风中，他正独自一人绕过一个街角，踉踉跄跄，已经喝得烂醉如泥。我不想喊他。他经过我的身旁，却没有注意到我，他的眼神炙热而空洞，直直地凝视着前方，仿佛正在追随着来自未知世界的隐隐召唤。我尾随着他走过一条街道。他好像是被一根隐形的绳子牵引着前行，步伐狂热又迷茫，就像一个幽灵一样。我悲伤地回到家中，回到我无法解脱的梦境之中。

"原来他就是这样改善自己的内心世界的！"我心中暗想。但就在这一刻，我发觉，自己的想法不过是庸俗的道德审判。关于他的梦我又知道些什么呢？也许他在这种迷醉中走上了一条更为稳当的道路，远胜于我在自己的恐惧中惶惶不安。

课间休息时，我偶然间发现，一个我以前从来没有注意过的同学总想接近我。他身材矮小，看起来很虚弱。这个瘦弱的年轻人，头发稀疏，是偏红的金黄色，目光和举止有些特别。有一天晚上，在我返回家中的路上，他在巷子中偷偷地看着我。等我经过他的身边，他便跟随着我，最后在我家的大门前停住了。

"你想要干什么？"我问道。

"我只是想和你聊聊，"他害羞地说，"你能和我一起走走吗？"

我跟上了他的步伐。我能感觉得到，他内心十分激动，满怀期待。他的手在颤抖。

"你是巫师吗？"他突然问道。

"不是，克瑙尔，"我笑着说道，"毫无可能。你怎么会有这种想法？"

"那你通神吗？"

"也不是。"

"哎，不要守口如瓶嘛！我能感觉得到，你身上有些特别的东西。从你的眼睛里就可以看出来。我确信，你肯定和神灵有什么关联。我不是出于好奇心才这么问，辛克莱，不是！我自己也是一个寻觅者。你知道吗？我是如此孤单。"

"你说吧！"我对他鼓励道，"我其实对神灵完全是一无所知，我只是活在自己的梦境里，这一点你已经感觉到了。很多其他的人也活在梦境里，只不过不是在他们自己的梦境里，这就是区别。"

"是吧，也许是这么回事儿，"他轻声低语道，"关键在于我们到底生活在什么样的梦境里——你听说过'白魔法'吗？"

我确实是对此一无所知，只有摇头否认。

"是这样的，如果我们能学会如何去控制自己，那么我们就可以长生不老，还可以施展魔法，你从来没有做过此类的练习吗？"

我对他所说的"练习"十分好奇，但他却讳莫如深，直到我转身要走的时候,他才吞吞吐吐地说了出来。

"比如,当我想睡觉或者集中注意力时,我就会做这样的练习。我随便想想什么东西,比如一个单词或者一个名字,或者一个几何图形。我会在心中拼命地默念它,我试着把它印刻到我的脑海里,直到我能在那里感觉到它的存在。然后我会想象它移动到我的喉咙里,以此类推,直到我把它彻底填满。然后我就会变得异常坚定,没有什么能够打扰到我。"

我多多少少地理解一点他的意思。我倒是能感觉到,他的心里还隐藏着一些其他的东西,他异常激动而且焦躁不安。我尝试着让他一吐为快。不久之后,他便道出了自己的真实意图。

"你也是在禁欲吧?"他腼腆地问我。

"你指的是什么?你是说性欲吗?"

"是的,自从我开始练习之后,到现在我已经禁欲两年了。在那之前,我有过一次不道德的行为,你明白吧。你从来没有和某个女人发生过关系吗?"

"没有,"我说,"我还没有找到那个合适的人。"

"但是如果你找到了心目中那个合适的人,你会和她睡觉吗?"

"嗯，当然。如果她不反对的话。"我略带嘲讽地说道。

"噢，那你就想错了！我们只有在彻底节欲的情况下，才能够使内心的力量得到成长。我就是这样做的，已经有两年之久了。两年零一个月！这实在是太难了！有时候我都快坚持不住了。"

"听着，克瑙尔，我不认为禁欲真的如此重要。"

"我知道，"他反驳道，"所有人都这么说。但是我没料到你也是这样认为的。如果一个人想要踏上更为崇高的精神之路，那么他就必须保持纯洁，必须如此！"

"好吧，那你就这样去做吧！但我无法理解的是，为什么一个压抑自己性欲的人会比另外的某个人更'纯洁'。或者说，难道你能够在所有的想法和梦境中都排除性欲吗？"

他绝望地看着我。"不，并非如此！我的上帝啊，但是必须要这样啊。我在夜间做过的一些梦，我自己都难以启齿！那真是些可怕的梦啊！"

我还记得皮斯托留斯对我说过的话。虽然我觉得他的话确实是至理名言，但我无法转述他的话，那不是来自我自身的经验，我感觉自身还不能胜任它的权威性，所以我无法给出建议。有人向我寻求建议，而我却无能为力，我为此而感到羞愧。于是,我沉默了下来。

"我试过了所有办法!"我身旁的克瑙尔哀叹道,"所有能做的我都尝试过了:用冷水沐浴、用雪沐浴、做体操、跑步,但这些都毫无帮助。每个夜晚,我都会从梦中醒来,我压根儿不敢去回想那些梦境。可怕的是:我精神上的修炼又逐渐退步了。我很难做到全神贯注或是安然入睡,彻夜不眠才是我的常态。我不可能永远坚持下去。假如我最终无法继续战斗下去,假如我放弃了,再次玷污自己,那么我就比那些从未战斗过的人更糟糕。这些你能理解吗?"

我点了点头,却无言以对。他开始让我感到无聊,他的困境和绝望并没有引起我的共鸣,想到这一点,我对自己的无动于衷感到震惊。我唯一的感受是:我无法帮助你。

"那就是说,你完全无法理解我的感受?"最后他疲惫而伤感地说道,"完全无法理解?一定有解决的途径吧!你究竟是怎么做的?"

"我没有什么可对你说的,克瑙尔,在这一点上,谁也帮不了谁,也没有任何人帮助过我。你必须自己去面对自我,你必须顺应自己真实的本能。除此之外,别无他法。如果你无法找到自我,你也就无法找到神灵,我是这么认为的。"

这个小伙子突然沉默了下来，失望地凝视着我。然后他的眼中瞬间燃起了仇恨的火焰，他对我做了一个鬼脸，接着愤怒地喊道："啊，你还在我面前扮圣人呢！你也有自己的罪行，我知道的！你表现得跟正人君子一样，但私下里却藏污纳垢，你同我和其他人没什么两样！你是一头猪，我们所有人都是猪！"

我走开了，留他独自站在那里。他跟着我走了两三步，然后又退了回去，转身跑开了。我对他既同情又厌恶，这令我非常不适。我无法摆脱这种感觉，直到回到家中，我在自己的小房间里，把那几幅画挂在四周，带着无比诚挚的渴望，我沉浸到了自己的梦境里。我梦里的那些东西又立刻浮现了出来，大门、徽章、母亲和那个陌生的女人，那个女人的特征如此清晰地展现在我的眼前，于是，当天晚上我就开始为她画像。

几天之后，这幅画就完成了，在如梦似幻的状态下，我不知不觉地把它画了出来。晚上的时候，我把它挂在墙上，把台灯移到了它的前面，然后我就那样站在它的面前，就仿佛面对着一位神灵一样，我在同这位神灵战斗，直到分出胜负为止。那是一张脸，看起来像是我以前的老朋友德米安，也有几分像我自己。画中人,其中的一只眼睛明显高于另一只,那目光掠过我投向了别处,深沉而又无比坚定,写满了命运的意味。

　　我站在画前,内心的疲惫让我感到寒冷,寒意直达胸腔。我向这幅画发问,向它抱怨,爱抚它,我向它祈祷,我称它为母亲,称它为情人,称它为婊子和妓女,称它为阿布拉克萨斯。这时,我想起了皮斯托留斯说过的话——抑或德米安说的?——我想不起来那些话是什么时候说的,但是我仿佛再次听到了那些话。那些话讲的是雅各布与上帝的天使之间的战斗。"你不给我祝福,我就不容你去。"

　　每次祈祷时,那幅画好的面孔都在灯光下不断变换。它时而明亮闪耀,时而昏黑幽暗,它一会儿闭上苍白的眼睑,隐去双眼,一会儿又睁开眼睛,射出炙热的目光,它是女人,是男人,是女孩,是一个小孩,是一只动物,它渐渐浓缩成一个点,又再次变得巨大清晰。最后,我跟随着内心强烈的召唤,闭上眼睛,看到这幅画出现在我的心里,愈加清晰明确。我想跪倒在它的面前。但是它已经扎根在我的内心深处,我已经无法再把它剥离,它仿佛变成了真正的我。

　　这时候,我听到一阵汹涌的呼啸声,如同春日里暴风雨的声音，我颤抖了起来，恐惧和前所未有的体验给我带来了难以名状的全新感受。星辰在我面前闪烁、熄灭，记忆回到了最初，回到了遗忘已久的孩提时代。甚至连人类起源之前和生命演变早期阶段的记忆，也如潮水般涌来，熙熙攘攘地掠过我的眼前。我的记忆，似乎把我的整个生命直到最秘密的事情重现，却并不仅仅是过去与现在的记忆。它继续前行，映照未来，把我从今日拽离，带入新的生活方式。这些全新生活方式呈现出的景象清晰无比、熠熠生辉，但这些东西我后来却全然想不起来。

深夜时分，我从熟睡中醒来，身上还穿着衣服，斜着身躺在床上。我点上灯，感觉自己有什么重要的事要思考，却对几个小时之前的事情完全没了印象。记忆开始慢慢重现，我四处寻找那幅画，它没有挂在墙上，也没有放在桌子上。这时，我在迷迷糊糊中觉得，我已经把它烧掉了。我亲手将它付之一炬，并把灰烬吞了下去。难道说那只是一个梦？

一股强烈的焦躁感让我感到心神不宁。我戴上帽子，走出屋子，穿过小巷，就好像有人在强迫我一样。我一路狂奔，穿过街道，越过公园，好像被暴风雪席卷着一般。我守候在我朋友的那座阴森的教堂前面，我在一股莫名欲望的驱使下，苦苦寻找着，却并不知道自己在寻找什么。我走到城郊，那里妓院林立，处处灯火通明。在外面更远的地方，有一些新建筑和成堆的瓦砾，有些地方被白雪覆盖着。我觉得自己好像是一个梦游者，正在未知压力的驱动下，穿过这片荒原。这个时候，我突然想起我老家的那栋新建筑，我曾经的施虐者——克罗默，就是在那里敲诈了我的第一笔钱。在这茫茫雪夜里，一栋相似的建筑，就矗立在我的面前，黑色的门洞仿佛是张着大口要吞噬我一般。它把我扯了进去，我想要绕道而行，于是磕磕绊绊地越过了沙子和瓦砾，但是那股欲望愈加强烈，我不得不走了进去。

跨过木板和破碎的砖块，我踉踉跄跄走进了那个荒凉的地方，里面有股混浊的气味，闻起来像是潮湿的寒气和石头的气息混杂在一起。那里有一堆沙子，形成了一块灰白色的亮斑，除此之外周遭一片漆黑。

这个时候，一个惊讶的声音喊住了我："天啊！辛克莱，你是从哪里过来的啊？"

我旁边的一个人从黑暗中站了起来，一个矮小、瘦弱的男孩子，就像鬼魂一样。我吓得头发都竖了起来，我认出了他，我的同学克瑙尔。

"你是怎么找到这儿的?"他问我道,语气激动得像要发狂一样,"你是怎么找到我的?"

我一头雾水。

"我不是来找你的。"我说话间精神有些恍惚,每说一句话,我都感觉筋疲力尽,嘴唇沉重无比,就像被冻住了一样。

他直直地盯着我。

"不是在找我吗?"

"不是,我是被引到这里来的。你喊我了吗?你一定是喊我了。你在这儿做什么?夜已经很深了。"

他用他那纤弱的胳膊痉挛似的拥抱着我。

"没错,是深夜了。再过一会儿,天就要亮了。哦,辛克莱,你原来并没有忘记我!你能原谅我吗?"

"原谅你什么?"

"啊,我那天实在是太过分了!"

这一刻,我才想起了我们的谈话,那是四天,还是五天前的事情?但我感觉那已经是上辈子的事情了。就在此时此刻,我突然间就明白了这所有的一切。不只是我们之间发生了什么,而且也包括我为什么来到了这里,克瑙尔在这野外到底想要做什么。

"你是想要自杀吗,克瑙尔?"

他因寒冷和恐惧而浑身颤抖。

"是的,我是这么打算的,但是我不知道自己能不能做到。我想等到天亮。"

我拉着他来到了外面。灰蒙蒙的空中,黎明的第一束光亮起,裹挟着一股难以言说的冷意与乏味。我挽着克瑙尔的胳膊走了一段,听见自己对他说:"现在你回家吧,跟任何人都不要提起!你想错了,大错特错!我们并非像你说的那样,我们不是猪,我们是人,我们创造了神,和神角力,而神会祝福我们。"

我们沉默着继续往前走,然后分开了。当我回到家中的时候,天已经大亮了。

待在 St 城度过的最美好的时光,便是与皮斯托留斯一同坐在管风琴旁或者炉火前的日子。我们一起读了一篇关于阿布拉克萨斯的希腊语文章,他还给我念了几段《吠陀》的译文,教我怎么发神圣的"唵"音。但在我内心深处敦促着我的,并不是对知识的渴求,而恰恰是其反面。令我感到愉悦的,是我自己内在的不断进步,是对梦想、思想和认知与日俱增的信念感,以及对自身内在力量越来越深入的了解。

雅各布的摔角

我与皮斯托留斯志趣相投，志同道合。我只需要强烈地想念着他，我就可以确定，他一定会来找我或者与我联系。同德米安一样，无须他本人出现，我就能向他发问：我只需在脑海里坚定地想象着他，把我的问题化为深入的思想，然后传递给他。如此一来，所有蕴含在问题中的精神力量就会以答案的形式反馈到我的内心。不过，我想象的那个人不是皮斯托留斯本人，也不是马克斯·德米安本人，而是那幅出现在我的梦中又被我描绘出来的画像，那个受我召唤的魔鬼、半男半女的幻想。现在它不再是仅仅存在于我的梦境中，也不再是仅仅跃然纸上，而是作为我的憧憬、作为一个得到升华的自我，存活于我的内心中。

我与自杀未遂的克瑙尔之间的关系十分特别，有时亦有些古怪。自我冥冥中救了他一命的那晚起，他就像忠仆或是忠犬似的依赖着我，盲目地追随着我，试图进入我的生活。他带着千奇百怪的问题和愿望来找我，想要见见神灵，又想要学学犹太密法。我向他保证，我对所有的这一切一无所知，可他却全然不信，他坚信我无所不能。但奇怪的是，每当我被某个问题困住的时候，他便总是会来问我一些奇怪、愚蠢的问题，而他的这些怪诞的念头和请求，又总能给我带来解开困惑的灵感,让我受到启发。我总是很厌烦他,粗暴地将他赶走,但我自己也心知肚明:他也是上帝为我派来的使者。我给予他的东西,总能收到他双倍的回赠。于我而言,他是向导,是指路人。他带给我许多好书和好文章,他从中为自己寻求解脱,却也让我获益良多,只是我当时还没意识到。

后来,这位克瑙尔同学便在不知不觉中与我渐渐疏远了,我与他之间无法进行什么深刻的交流。与皮斯托留斯则完全不同了,我在St城的中学时代接近尾声之时,我们之间又发生了一件难忘的事。

人的一生当中,谁也难免一次甚至多次违背虔诚与感恩的美德,即使是心地善良的人亦是如此。每个人都会踏出与父母、与师长分离的那一步,每个人都必然会体验到孤独的艰辛,虽然大多数人都难以承受这种煎熬,很快选择重返自己的那个安乐窝。我与父母以及他们的世界的分离,与我童年"光明"世界的分离,并不是十分激烈,而是逐渐地、不易察觉地渐行渐远。回到家乡的时刻总是让我倍感不适,但这种不适并未达到令我难以忍受的地步。

但是,当我们蓦然间意识到,内心奔涌的主流正将自己带离曾经的所爱之地——一个我们不是出于习惯,而是发自内心去敬仰、热爱的地方，一个我们真心求学、获得良师益友的地方——那才是真正苦涩难言的时刻。这一刻，每一个背离友人和师长的念头都如同毒刺般刺向我们的心脏；这一刻，每一次的反击都变成了一记耳光打回到自己的脸上；这一刻，对那些内心被道德充斥的人而言，"不忠不义""忘恩负义"这些字眼，就如同可耻的称呼与烙印一般，在他们的脑海中不断浮现。他们惊慌失措地逃回孩提时代那舒适的山谷，他们无法相信，分离就这样发生，羁绊就这样被斩断。

随着时间的流逝，我的内心逐渐发生了转变，不再将我的朋友皮斯托留斯视为绝对的引路人。和他之间的友谊，他的建议、宽慰和关怀，这些是我在青年时期那几个月里最重要的收获。神灵借他之口向我传话，我的梦境经他之口变得清晰明朗，他给了我成为自己的勇气。唉！可现在我却渐渐感受到，我对他的抵触与日俱增，我从他口中听到了太多说教。我发觉，他其实并不能完全理解我。

我们之间没有争吵，没有冲突的戏码，没有决裂，甚至没有什么所谓的清算。我只对他说过唯——句，其实并无恶意的话——但是在我说出这句话的那一刻，我们之间的幻觉也应声随之化为彩色的碎片。

这种预感已经压抑了我许久。有一个周日,在他的旧书房里,这种感觉变得清晰起来。我们躺在炉火前的地板上,他谈论着自己正在研究的神秘祭礼和宗教形式,他苦苦思索它们未来发展的可能性。但在我看来,这些东西只不过是有些奇特、有趣,但其实在生活中并不是那么不可或缺。这些在我听来不过是卖弄学识,不过是在昔日世界的废墟里筋疲力尽地苦寻。刹那间,我对这些说辞、这种神话崇拜,以及把这些传统信仰形式东拼西凑的把戏心生厌恶。

"皮斯托留斯,"我突然叫了他一声,那股不怀好意的语气令我自己都感到惊讶和恐惧,"您应该再给我讲一个梦,一个您在夜间真正经历过的梦境,您现在跟我说的这都……都是些老古董了!"

他从未听过我如此说话,那一刻我自己也觉得羞愧难当、无比震惊,我射向他的那支"箭"正中他的要害,但那支"箭"却是取自他的武器库——我时不时会听到他用这样揶揄的语气自我解嘲,此时此刻,我却不怀好意地以更加尖锐的方式把这种自嘲丢还给了他。

他瞬间察觉了这一点,随即安静了下来。我看出了他内心的恐惧,他的脸色变得非常苍白。沉默了许久之后,他向火中添了一些木柴，镇定地说道："你说得对，辛克莱，你是个聪明人，我不会再拿这些陈词滥调来打扰你了。"

他的语气很平静，但我听得出来他的伤心和难过。我究竟都做了些什么！

眼泪马上就要夺眶而出，我想把身体转向他，诚挚地恳求他的原谅，诉说我对他的敬爱和感谢。感人的话积聚在我的心头——可我却一个字也说不出口。我躺在那里，默默地看着炉火，他也一声不吭，我们就这样躺着。炉火渐渐燃尽、沉寂，看着火苗越来越暗，我觉察到一些美好的、真挚的事物也在随之逐渐熄灭、逐渐消逝，而且必定一去不复返。

"恐怕您是误会我了。"最后我挤出了这样一句话，声音干瘪、沙哑。这句愚蠢而又毫无意义的话，机械地从我的嘴里蹦了出来，听起来我仿佛是在读报纸。

"我非常明白你的意思。"皮斯托留斯轻声说道，"你说的没错。"他停了一会儿，然后缓缓地继续说道："一个人本来就有权利，对另外一个人的意见表示反对，这也没什么错吧。"

"不！不！我说得不对！"我在心里呐喊——但我却有口难言。我明白，我不经意间的一句话说中了他的弱点、他的困境和他的伤口。我恰恰触碰到了他对自己缺乏信心的地方。他的理想是"老古董",他是个怀旧者,是个浪漫主义者。我突然深深地意识到,皮斯托留斯于我而言的意义和他带给我的一切,恰恰是他无能为力、无法给予自己的东西。他为我引路,而他,这位引路人,也最终必定被我超越、抛弃。

天知道我怎么会说出这种话!我并无恶意,也无意引发这场灾难。说出这句话的时候,我并没有预料到这会带来什么样的后果。我开了个恶作剧式的小玩笑,却一语成谶。我的无心之过,却变成了对他的一场审判。

哦!我多么希望当时他能勃然大怒,为自己辩护,然后将我臭骂一通!可他却什么都没有做,我只能暗暗在心里这样惩罚自己。如果能够做到,他本可以笑出声来。但他没能做到,从这一点就可以发现,我到底伤他有多深了。

我是个冒失而又不知感恩的学生,面对我的打击,皮斯托留斯选择了默默承受。他默不作声,认可了我的说法,他将我所说的话作为命运来接受。这让我对自己感到厌恶,他让我无比清晰地意识到了自己的鲁莽无知。当我发出攻击时,我以为我的对手是一个无比强大、骁勇善战的人——但他其实只是一个沉默寡言、处处忍让、手无寸铁的人,习惯了逆来顺受。

我们就那样躺在渐渐熄灭的炉火旁,躺了很久。火焰中每个意象,每根燃尽弯曲的柴火,都令我回想起那些幸福、美妙、充实的时光,我对皮斯托留斯的愧疚之情也随之慢慢积聚,愈加强烈。最后,我再也无法忍受这一切。于是,我起身离开了。我站在他的门前,在漆黑的楼梯上、在他的房子外面等了很长时间,以为他会出来追我。然后我便抬起了脚步,一刻不停地奔跑,穿过城市和乡村、公园和树林,一直跑到夜幕时分。那一刻,我第一次感受到了自己额头上该隐的印记。

我开始慢慢地思考整件事情。我脑海中所有的念头都做好了自我谴责、为皮斯托留斯辩护的准备,可最终却都得出了相反的结论。我无数次想要收回那些让我追悔莫及的话——但我说的都是实话。直到现在,我才真正理解皮斯托留斯,才看清他的整个梦想。他的梦想是成为一名牧师,传播这种新的宗教,赋予情操、爱意和祈祷以新的形式,创立新的象征。可这不是他的职责,也不是凭他的一己之力可以做到的。他过分沉湎于过去,对过往过于了解,对古埃及、古印度、密特拉、阿布拉克萨斯都知之过多。他的爱与世间已有的形象密不可分，而且他心里也一定明白，新生事物理应新颖且与众不同，它植根于新鲜的土壤，汲取新的源泉，而非源于收藏和图书馆的造物。他的使命或许是帮助和引领我们走向自己，正如他引领我一般。给我们带来闻所未闻的事物，给我们创造全新的神灵，这不是他的使命。

骤然间有一种想法，如同燃烧的火焰，从我心底油然而生：每个人都有自己的"天职"，但不可能由他自己选择、改变或者随意掌控它。呼唤新的神明，这是错误的；妄图随意赠予世界任何东西，更是彻底的错误！对于觉醒的人而言，唯一的使命即是：寻找自己，成为坚定的自己，上下求索自己的道路，无论它通向哪里。这种想法令我震撼，这是过往经历带给我的收获。我总是幻想未来的图景，想象自己可能扮演的角色，也许是诗人、预言家、画家，或其他什么身份。所有这些都不重要，我存在，不是为了写诗、布道、绘画，或者做别的事，无论是我，或其他人，都并非为了这些而存活于世上。所有这一切都是副产品。对每个人而言，真正的使命只有一个：走向自己。人的一生，也许以诗人、疯子、先知或罪犯的身份终结，这其实与他自身无关，在临终时分尤其无足轻重。他的使命是，找寻自己的命运，而不是随意模仿谁的命运,让它在自己身上生长,自由自在、从不间断。其他的东西都是半心半意,是逃避的尝试,是随波逐流,是对自己内心的恐惧与屈服。崭新的图景浮现在我面前,可怖却又神圣。从前我曾经无数次预感到它,也许甚至提到它,但直到现在才真正体验到它。我是大自然的作品,通向未知的作品,也许它是新奇的,也许它什么都不是。而我的使命恰恰在于——让这个作品从原点开始发力,在我身上感知它的意志,让它成为我自己。这唯一的使命!为此我忍受了无尽的孤寂,现在我已知晓,这是我无法抗拒的使命。

我未曾尝试与皮斯托留斯言归于好。我们还是朋友,但关系变了。唯一一次我们谈起此事,也许只有他提到了。他说:"我想当神父,这你知道。我想成为新宗教的神父,就是我们对此有所了解的新宗教。我知道,虽然我并不太愿意承认,其实我永远成为不了那样的人。我可以做别的神职工作,比如演奏管风琴,或者类似的。但我必须被某些东西包围着,管风琴乐、神秘、象征、神话,这些我觉得美好神圣的东西,我需要这些,离不开它们——这是我的缺陷。有时候我知道,辛克莱,我不该有这些想法,它们太过奢侈,又太过脆弱。如果我干脆听从命运安排,不提任何要求,那样更伟大也更正确。但我做不到，这是我唯一做不到的。或许你可以一试，这太难了，我的朋友，这可能真的是世上最难的事了。我总是梦见我做到了，但我真的不行，恐惧感让我寸步难行：我无法赤裸裸地、孤独地站在那里，我是一条可怜的孱弱的狗，需要温暖与食物，渴望时不时有同类作伴。真诚追寻使命的人，他不再有朋友，唯独拥有冰冷的世界。你明白吗，身处客西马尼园①的耶稣就是这样的。有些殉道者，他们心甘情愿给钉在十字架上，但他们还不算英雄，他们并不自由，他们也渴望自己喜爱的熟悉的东西，他们有偶像，也有理想。而追随使命的人，他既没有偶像，也没有理想，没有喜爱之物，更没有可以慰藉自己的东西！但是，人要走自己不得不走的路。像你我这样的人已经很孤独了，但我们还拥有彼此，我们为自己另类的生活方式暗暗骄傲，我们努力抗争，为了赢得非比寻常的东西。如果一个人想真正走自己的路，这些也必须放弃掉。他不能是革命者，不是偶像，更不是殉道者。这太难以想象了！"

是的，这的确是难以想象。但它却可以被梦见、可以被

---

① 橄榄果园，位于耶路撒冷东，据说是耶稣基督祷告与冥想之处。

探寻、可以被预知。当我的内心彻底平静下来的时候，有几次我对它有了一点感觉。然后，我开始审视自己的内心，我看到了自己命运之像，看到了他那圆睁的双眼。那双眼睛里或充满着智慧，或满是荒唐，或闪耀着爱的光芒，或散发着深深的恶意，这都无所谓。对此我们毫无选择，无权渴望。我们只能寄希望于自己，寄希望于命运。皮斯托留斯将我引至此处，于我而言，他并不仅仅是个引路人。

在那些天里，我像个盲人一般四处乱撞，心中波涛汹涌，每一步都危机重重。除了望不到边的黑暗我什么都看不到，从前的道路都消失不见。我在内心中看到了引路人的模样，他长得像德米安，他的眼中映射着我的命运。

我在一张纸上写道："一位引路人已经离我而去，我身处黑暗，无法独自前行。救救我吧！"

我本想把这张纸寄给德米安，但最终还是放弃了。每当我想这样做时，它看起来总是那么愚蠢可笑而又毫无意义。但我自己却将这篇短小的祷词熟记于心，时常在心中默念。它时刻陪伴着我。我逐渐开始明白，究竟什么是祷告。

我的中学时代结束了。我的中学时代结束了，我应该去

德米安

做一次假期旅行，这是我父亲的意愿，然后我就应该去大学读书。我还不知道自己该学哪个专业。我被批准学一个学期的哲学。其实不论学什么专业，对我来说都无所谓。

夏娃①夫人

假期里，我有一回，去马克斯·德米安和他的母亲几年前住过的地方。一位老太太在花园里散步，和她聊天时我得知，她现在是这房子的主人。我问起德米安一家。这家人她到现在还记得很清楚，但不知道他们现在住在哪里。她发现我很关心此事，于是把我请进屋里，翻出一本皮质相册，拿出张德米安母亲的照片。我几乎已经想不起来她的模样，但是看到那张照片，我的心跳仿佛停止了。这正是我梦中的图像啊！她就是我梦中那高大而又有些男子气的女性，与她儿子十分相像，散发出母性、严厉与热烈的气质，美丽诱人却

---

① 夏娃在创世神话中，被视为世界上的第一个女人，与丈夫亚当是人类的原初父母。夏娃的名字原意是"生命"，是生育能力的象征与众生之母。

难以接近，是魔鬼与慈母、命运与爱人的化身。这就是她！

得知我梦中的图像居然真实存活于世上，我忽然感觉到了奇妙的神迹！这世界上真的存在这样一个女人，她承载了我的命运特征！她在哪里？到底在哪里？——她竟然是德米安的母亲！

不久之后，我便踏上了旅程。一场奇特之旅！我不眠不休地四处奔走，全心投入追寻着那个女人。有时候，我会遇到一些让我想起她的人，一些与她身材、声音相像的人，一些与她相似的人。仿佛在混乱的梦境里，我被这些女人深深吸引，追随她们穿过陌生城市的街巷和火车站，或者登上列车。另外一些时候，我突然意识到自己的寻找完全白费劲。于是我无所事事地坐在公园里、在酒店的花园里，或是在候车厅里，审视自己的内心，尝试着回忆那个图像，让它在我的心中更加鲜活。可现在，它变得越来越模糊暗淡。我经常彻夜不眠，只在火车驶过陌生城市的路上偶尔打盹。有一次在苏黎世，一个美丽但有些下作的女人一直尾随着我，我没有正眼看她，把她当作空气，径直朝前走。与其在另一个女人身上浪费时间，哪怕只是一小时，我还不如立刻死去。

我感受到我的命运在牵引着我，我感受到它即将实现，我急不可耐，却无计可施。曾经在一个火车站，我记得好像是在因斯布鲁克，我在一列刚刚出发的列车窗口边，看到了一个身影，那个身影又让我想起了她，这让我好几天都闷闷不乐。夜里，这个身影又突然出现在我的梦里，我醒了过来，满怀羞愧与消沉。我感觉自己的这种追寻毫无意义，于是我直接返回家中。

几周后，我到 H 大学报到，这里的一切都令我失望。我修的哲学史课程，内容空洞乏味，这边大学生的日常生活也同样无趣。每个人的所作所为都千篇一律，在那些少年脸上炙热的喜悦，看起来一样的空虚矫情！但我是自由的，整日的时间都属于我自己。我住在城郊的老房子里，宁静且美好。桌子上摆着几卷尼采，我和他一起生活，感受他灵魂深处的孤独，体验那永无休止折磨他的命运，与他同甘共苦。这样不屈不挠坚定走自己道路的人，有一位我已经很幸福了。

有天夜里，我在城里闲逛，秋风萧瑟，酒馆里传来学生合唱的歌声。烟雾从敞开的窗户里飘了出来，回荡的歌声喧闹嘈杂，却死气沉沉，中规中矩。

我站在街角，听着两家酒馆传出年轻人的欢笑声，他们就这样夜夜笙歌，到处拉帮结派，到处成群结队，到处推卸命运的责任，逃向集体的温暖！

有两个男人慢慢地走过我身边，于是我听到了他们之间的一段对话：

"这不是和非洲部落的青年人聚会一模一样？"

其中一个人说道："完全正确，连文身居然都成了潮流，看，这就是我们朝气蓬勃的欧洲。"

这个嗓音听起来如此熟悉。我跟着这两人，走进了一条昏暗的小巷。其中一位是日本人，个头不高，举止文雅。路灯下，我看见他黄色的面孔上笑容熠熠。

这时，另一个人又说道："你们日本，现在恐怕也未必好到哪儿去。能够不随波逐流的人，在哪儿都是异类，不过这里也有一些。"

他说的每句话都让我又惊又喜。说话的人我认识，他正是德米安。

晚风中，我跟随着他和那个日本人，穿过昏暗的小巷，倾听着他们的谈话，沉醉在德米安的嗓音里。他说话时还是那种语气，一如既往的自信、平和，依然令我着迷。现在，一切都好办了。我终于找到他了。

城郊一条街道的尽头，那个日本人跟他分别后打开了自家的房门。德米安沿着原路折回。我站在路中间等他,看着他迎面朝我走来,我的心跳得厉害。他腰杆笔直,步伐轻盈,身上穿着一件棕色的雨衣,胳膊上别着一根细细的手杖。他不紧不慢地走到我面前,摘掉帽子,露出昔日那张明朗的脸庞,嘴形坚毅,还有那特别光亮的宽额头。

"德米安!"我喊道。

他向我伸出了手。

"你终于来啦,辛克莱!我一直在等你。"

"你早就知道我在这里?"

"之前我并不知道,但我一直希望你会来。今天晚上才见到你,你可是跟了我们一晚上了。"

"你很快就认出我了?"

"当然,虽然你有一些变化,但是你有那个印记啊。"

"印记?什么印记?"

"如果你还记得的话,我们以前称呼它为'该隐的印记'。那是我们的印记。你一直都有,所以我才跟你成了朋友。只不过现在这个印记越来越清晰了。"

"我不知道,或者其实是知道的。我曾经画了一幅你的画像,德米安,特别惊奇的是,它居然跟我也有几分相像。

这就是'该隐的印记'吗？"

"就是它。太好了，你终于过来了！我母亲知道了也一定十分高兴。"

我吓了一跳。

"你母亲？她也在这儿？她不认识我呀。"

"哦，她知道你，不用我说哪个是你，她也能认出来。好久没有你的消息了。"

"嗯，我老想着给你写信，但都没能做到。最近一段时间，我一直有预感，会很快找到你的，每天我都期待这样的时刻。"

他挽着我的胳膊，和我一起走。他身上从容淡定的气质感染着我。我们像从前一样聊天，回忆中学时光，想起坚信礼课，还有假期里那次不愉快的聚会。只是没有再提起弗朗茨·克罗默，这条最初将我们连接起来的最紧密的纽带。

出乎意料的是我们竟然谈到了一些特别的话题，而且极富前瞻性。之前他与那个日本人聊到了大学生们的生活，我们也聊到了同样的内容，接着又跳到了另一个似乎完全不相干的话题，但这些话题在德米安说来又有着一种内在的联系。

他谈及欧洲的精神和这个时代的特征。他说，现在随处可见结社与小团体，但是爱与自由却很稀缺。从大学生社团、合唱队直到各个国家,所有的这种共同体,都是一种强制性结合,是出于害怕、出于恐惧、出于困境而形成的合体,它的内在陈旧腐朽,一开始就濒临瓦解。

德米安接着说:"集体是一件美好的事情,但我们现在随处可见的联合体却并非如此。集体是一种新的存在,建立在个体彼此了解的基础上,它具有暂时改变世界的力量。但现在所谓的联合体,不过是乌合之众罢了。人们集合在一起,不过是因为他们心存畏惧——统治者之间、工人之间、学者之间,抱团取暖!他们为什么互相畏惧呢?只有在身心不一时,人们才会心存恐惧。他们心存恐惧,正是因为他们从来没有真正了解自己。这样的联合体不过是临时拼凑,他们对自身的未知之处尚且心存畏惧!他们都感觉,曾经的生活准则业已失效。他们试图按照陈规旧俗生活,但他们的宗教或者美德都不再适应我们的需要。一百多年来,欧洲只知道做研究、造工厂!他们精确知道,杀死一个人需要多少克炸药,却不晓得如何向上帝祈祷,甚至不明白如何享受一小时的美好时光。你看看这些学生酒馆吧!或者瞅瞅那些有钱人出入的娱乐场所!简直是无可救药!——亲爱的辛克莱,这些地方是不会让人心生愉悦的。这些人战战兢兢地聚集在一起,他们的内心充满了恐惧和恶意，互相之间毫不信任。他们死守那些过时的理想，扼杀每一个拥有新理想的人。我感受到了冲突的存在，相信我，冲突一定会到来，很快就会来临！它们当然不会'改善'这个世界。无论是工人打死了工厂长，还是俄罗斯与德国开火，都不过是更换了统治者而已。但这并非毫无意义。它将揭示现存理想的无价值，清除石器时代的诸神。现存的这个世界即将死亡，即将毁灭，这一切注定要发生。"

"那我们又将如何呢？"我问道。

"我们？也许我们会一同毁灭。人们也可能会杀死我们这样的人。只是我们不会就此完结。我们会有留存下来的东西，我们当中幸免于难的人，周围将集合人类未来的意志。长久以来，我们在欧洲为科学技术的盛宴而欢欣鼓舞，欢呼声掩盖了人类的意志。但人类的意志，在未来必将得以显现。到那时候，人们会发现，人类的意志与现在的那些共同体、国家、人民、协会和教会完全不同。大自然与人类的协作，书写在每个人的心里，在你我的心里，这才是人类的意志。它存于耶稣心中，存于尼采心中。如果现如今的那些联合体能够解散，那么这些真正重要的思潮，便有了发展空间，当然它们每天处于变化之中。"

后来我们在河边的一个花园前停了下来。德米安说:"我们就住在这里,有空来看看我们吧!我们非常期待你来。"

深夜渐凉,我开心地踏上了回家的路。城里随处可见正在回家的大学生,吵吵闹闹,跌跌撞撞。我常常感到,他们浅薄的快乐与我孤独的生活形成了鲜明的对比,有时怅然若失,有时冷眼旁观。但我从没像今天这样,体验到内心的平静与神秘的力量,发现这个世界于我而言既遥远又陌生,它和我其实毫不相干。我想起家乡的官员,德高望重的老人们,他们回忆起大学时代的酒馆生活,念念不忘。在他们眼里,那种生活仿佛是极乐世界的纪念品。他们凭吊学生时代逝去的"自由",就像诗人或浪漫主义者歌颂童年那样。哪里都是这样的调调!他们四处追寻"自由"和"幸福",纯粹是出于恐惧,担心有人会拿职责来提醒他们,害怕有人会敦促他们走好自己的路。醉生梦死、歌舞升平地过上几年,然后他们就收敛起来,摇身一变,成了道貌岸然的国家公仆。是啊,这真是堕落,我们的世界真是太堕落了。与世间无数的其他恶事相比,大学生们的那些蠢行可以说是不足挂齿的。

当我回到偏僻的居所,准备上床睡觉时,所有这些想法都不重要了。我全部心思都凝聚在那个重大的承诺上,那个我今天获得的承诺。只要我希望,也许明天就能见到德米安的母亲了。任凭那些大学生在酒馆里流连忘返,或者在自己脸部文身,或者这个世界即将腐败沉沦——这些与我何干?我只期待迎接命运为我展开的崭新画卷。

我睡得很香,直到第二天很晚才醒。于我而言,新的一天如同一个盛大的节日,好像小时候经历过的圣诞节。我的内心激动不已,却毫不畏惧。我感觉到,一个重要的日子即将来临,我看到自己周围的世界在不断变化、期待着,目标明确、庄严隆重。静谧的秋雨声也那么美好、安宁、喜庆,犹如欢快的音乐。外部世界与我的内心第一次达到如此纯粹的统一——这是灵魂的庆典,这便是活着的意义。屋舍、橱窗、街巷的人来人往,都打扰不了我,一切都那么自然,不像往常那般空洞乏味、千篇一律,而是在等待自然,满是敬畏地迎接命运的安排。早在幼年,我就曾在圣诞节和复活节这样盛大节日的清晨,见过这个世界。但我从来不知道,世界竟然可以如此美好。我已经习惯了活在自己的世界里,我也明白,自己已经丧失了感受外部世界的能力,失去眩目光彩的同时我也遗失了自己的童年,某种程度上为了赢得自由与男子气概，我不得不放弃这些美妙的体验。而今我欣喜地发现，这一切只是因为被遮蔽而显得暗淡。向往自由的人，放弃童真的人，依然可以看到这世界的五彩斑斓，也能品尝到孩子们眼中的绚烂。

这一刻终于到来了，我又来到了那处郊外花园，那夜我就是在这里和德米安分开的。郁郁葱葱的树木掩映着一幢小房子，阳光明媚，舒适惬意。一面巨大的玻璃墙后面，生长着高大的灌木花丛，明亮的窗户后面是深色的墙壁，上面悬挂画像，摆着书架。房门径直通向一个温暖的小客厅。一名沉默、年迈的女仆身着黑白相间的围裙，将我带入房间，替我脱下了大衣。

我独自留在客厅里，环顾四周，那一刻仿佛置身梦中。在一扇门的上方，一幅十分熟悉的画挂在深色木墙上，这幅画罩在玻璃后，黑色边框装裱着。那是我画的那只鸟，它金黄色的雀鹰头颅，正竭力探出外壳。我激动不已，呆呆站着——心中百感交集。刹那间似乎我所有的努力与经历都蜂拥而至，都得到了回应。一幕幕过往电光火石间闪回脑海：故乡拱门上那悬挂古老徽章的老房子，临摹着徽章的少年德米安，在恶人克罗默的魔爪下恐惧挣扎的早年时光，还有年轻时的自己，静静趴在教室课桌前，描画内心的渴望之鸟，迷惘的思绪纷飞。所有一切，直至这一刻，都返回内心，都得到了肯定、解答、接纳。

我热泪盈眶地盯着我的画，在心中反复揣摩。我将目光垂了下来，因为此时画下方的那扇门打开了，一位穿着深色连衣裙、身形高大的女士站在那里。正是她。

我一句话也说不出来。她的相貌与德米安神似，看不出年龄和岁月的痕迹，浑身散发着生机勃勃的强烈意志。这位美丽、庄重的女士，朝我友好地微笑着。她的目光使我感到满足，她的问候让我仿佛回到了自己家中。我默默地向她伸出手。她用她那坚定而温暖的手掌握住了我的双手。

"你就是辛克莱吧，我一下子就认出你了。非常欢迎你的光临！"

她的声音低沉而温暖，如同甘醇的美酒，令我沉醉。我目光上移，凝望她平静的面庞，漆黑深邃的眼眸，鲜艳丰满的双唇，光洁饱满的额头，上面篆刻着该隐的印记。

"我真是太高兴了！"我边说，边吻向她的双手，"我觉得，我一生都在漂泊——而现在我终于到家了。"

她露出慈母般的微笑。她和蔼地说道："人永远回不到家。但是，当志同道合的道路交汇在一起时，那一刻，整个世界看起来就会像个'家'了。"

我在寻找她的途中所经历的感觉，这一刻被她尽数道出。她的声音和她所说的话都与她儿子极为相像，却又不甚相同。一切听起来都更加成熟、更加温暖、更加自然。从前的马克斯给人的感觉完全不像是个孩童，他的母亲看起来同样完全不像是一位带着成年儿子的母亲。她浑身散发着年轻、可爱的气息，金色的皮肤紧致光滑，嘴唇如同一朵盛放的鲜花。她站在我的面前，比我梦中的她更加高贵，靠近她会让人感到恋爱的幸福，沐浴在她的目光下给人一种满足感。

这就是命运呈现给我的新景象，不再严酷，不再孤独，而是成熟和喜悦！我没有做决定，也没有履行誓言——我就这样抵达了一个目的地，一处制高点。自此以后，远方的道路将会宽阔无比、精彩纷呈，通往希望的美好国度，有周围幸福的树梢提供荫蔽，有附近的快乐花园送来凉爽。无论我的境遇如何，知晓世上有这样一位女性，享受她的声音，感受她的气息，我已觉幸福至极。无论是母亲、爱人还是女神——只要她在这儿！只要我与她的道路能够临近！

她向上指着我的雀鹰图。

"没有什么能比你的这幅画更让德米安开心的了。"她深思地说道,"我也是,我们一直在等你。我们拿到这幅画的时候就知道,你正向我们走来。你还是个孩子的时候,辛克莱,有一天,我儿子放学回来后告诉我:有一个额间有印记的少年,自己一定要与他做朋友。那正是你。你生活得也不容易,但我们相信你。有一次,马克斯又遇见了你。当时,你正在家里休假。那个时候,你大约十六岁,马克斯告诉我……"

我打断了她:"哦,他把这件事也告诉您了!那是我的人生最低迷的时候!"

"对,马克斯告诉我:现在,辛克莱遭遇了人生最艰难的阶段。他试图随波逐流,甚至沉迷酒馆,但是他做不到。虽然他的印记被掩盖了,但它仍然在暗暗地炙烤着他——难道不是这样吗?"

"嗯,是这样的,就是这么回事。接着,我发现了贝雅特丽斯,最后终于又迎来了一位引路人,他叫皮斯托留斯。那个时候,我才明白,为何我的童年与马克斯有着如此密切的联系,为何我离不开他。亲爱的夫人——亲爱的母亲,当时我时常会想到自杀。难道人生的这条道路对每个人来说都如此艰难吗？"

她伸出手轻柔地抚摸着我的头发，犹如清风掠过。

"人生在世总不是件易事。你知道的，鸟儿需要努力挣扎，才能破壳而出。你回头想想，扪心自问：这条路真的如此艰难吗？只是艰难？难道不是也有美好吗？你能找到一条更美好、更轻松的路吗？"

我摇了摇头。"太难了，真的太难了，直到有了这个梦。"我如梦呓般说道。她点了点头，然后用锐利的眼神打量着我。

"是的，我们必须找到自己的梦，然后这条路才能走得轻松。但是，没有哪个梦是永久的，每个梦都会被新的梦所替代，所以我们不能只想着永远坚守一个梦。"

我心底一惊。这算是一个警告吗？这算是放弃吗？但是，这无所谓了，我已准备好听从她的指引，不管最终将会走向哪里。

我说道："我不知道我的梦可以持续多久，我希望它是永恒的。在这幅雀鹰图下，我的命运接纳了我，如同一位母亲，如同一位爱人。我只属于它，除此之外别无他人。"

"只要这个梦仍是你的命运，你就要对它忠诚。"她严肃地认同道。

一股浓浓的悲伤感向我袭来，我恨不得在这奇妙的时刻马上死去。我感觉到了自己的眼泪——我已经太久没有哭过了！——止不住地从我的心底涌起，将我击溃。我猛地转过身背对着她，然后走到了窗边，望向窗外的盆栽，泪水已经模糊了我的双眼。

我身后传来她的声音，从容自若而又无比温柔，宛如一只斟满了美酒的酒杯。

"辛克莱，你真是个孩子！你的命运热爱着你。如果你能对它保持忠诚，总有一天它会像你梦中那样，完全属于你。"

我抑制住自己的情绪，又转身面向着她。她握住了我的手。"我有几个朋友，"她微笑着说，"不多，但很亲密的几个朋友，他们都叫我'夏娃夫人'，如果你愿意，你也可以这样叫我。"她带着我走到了门前，打开它，然后伸手指了指花园："马克斯就在那里。"

我呆若木鸡地站在大树下，内心却波澜起伏。我不清楚，自己是比任何时候都更为清醒还是更加迷蒙。雨滴从树枝上轻轻滴落。我缓缓走进园中，花园沿着河岸向远处延伸。最后，我在一间小花房中找到了德米安，他裸着上身，正对着一个吊着的小沙袋练习拳击。

我目瞪口呆地站在那里。德米安看上去神采奕奕，宽阔的胸膛，坚定而富有男子气概的脑袋，抬起的手臂上肌肉紧实而强健，臀部、肩膀和手臂的关节协同发力，动作仿佛行云流水一般流畅。

"德米安！"我喊了一声，"你在干什么？"

他开心地笑了笑。

"我在锻炼自己。我跟那个小个子日本人约定好了要来一场摔跤比赛。那个家伙灵巧得像只猫，而且十分狡猾。但是，他赢不了我的。我要给他个小小的教训。"

他穿上了衬衣和外套。

"你已经见过我的母亲了？"他问道。

"是的。德米安，你真是有一位伟大的母亲！夏娃夫人！这个名字与她极为般配，她就像是万物之母一样。"

他若有所思地盯着我的脸。"你已经知道她的名字了？你该为此感到骄傲，小伙子！初次见面就能让她告知姓名的，你可是第一人。"

自这一天开始，我就像是这个家里的孩子、兄弟或是爱人一样，在这里进进出出。当我关上身后的小门，甚至是从远处看着花园里的大树逐渐显现时，我便感到既满足又幸福。

外面是"现实",外面是街道、房屋、人群、设施、图书馆和教室——这里面则是爱与灵魂,这儿有童话与梦想。然而,我们并不是过着与世隔绝的生活,我们生活在思想与对话之中,常常就在世界之中,只不过是在另一片土地上。我们和大多数人的区别并非泾渭分明,而是用另外一种方式看待这个世界。我们的任务是为这个世界建起一座小岛,或是树立一个典范,至少是预告生活的另一种可能性。我是久尝孤独之人,此刻却进入了这品尝过孤独滋味的人所组成的团体。当我看到旁人结队成群时,我不再有嫉妒,也不再有乡愁;我不再渴求幸福的盛宴与欢愉的节日。我渐渐体会到了拥有"印记"的秘密。

我们这些拥有印记的人,是少数派,被视为古怪甚至是疯癫、危险的人。我们是清醒者,或是正在苏醒的人,我们追求达到更觉醒的状态。而其他人的追求和幸福,则是将他们的见解、理想、责任以及生活投入群体之中。这也是追求,这也是力量和成就。然而,我们认为,我们这些带有印记的人是将自然意志呈现为全新的、个体的、未来的意志,而其他人则是活在故步自封之中。对他们而言,人性——他们与我们一样热爱人性——是完善的,是必须传承和维护的。人性于我们而言，则是一个遥远的未来，是我们所有人正在为之努力的不懈追求，它的面目无人知晓，它的规则无处可寻。

除了夏娃夫人、马克斯和我，还有一些人也在进行着各种极为不同的探索，他们与我们同属一个圈子，关系或近或远。他们中有些人走上了特别的道路，树立了独特的目标，秉持着特殊的观点和义务。他们当中，有的是占星家，有的是犹太神秘主义者，还有一个是托尔斯泰的信徒，以及各式各样敏感害羞的人，新教派信徒、印度教的修习者、素食主义者，等等。每个人都尊重他人隐秘的生活梦想，除此之外，我们与这所有人在思想上并无共同之处。还有另外一些人与我们更为接近，他们致力于在过去的神灵和新理想中找寻人性，他们的研究时常勾起我对皮斯托留斯的回忆。他们拿着书本，为我们翻译古老的文字，给我们展示古老象征和宗教仪式的图片，教我们知道，迄今为止人类所有的理想财富都是由无意识灵魂的梦境构成的，人类正是在这些梦境中摸索、探究未来的可能性。我们就这样接触到了古老世界里那奇妙的众神崇拜，一直追溯至基督教的诞生。我们知道了那些孤独的圣人的信条，了解了宗教从一个民族到另一个民族的变迁。从我们收集到的一切信息中，我们对于这个时代和当今欧洲的批判也随之产生。欧洲竭尽全力制造出人类历史上最强大的新型武器，精神却最终深深地陷入无尽的空虚之中。它征服了整个世界，却毁灭了它对世界的情感。

我们的圈子里也有某些信仰和某些救世学说的信徒和拥护者。其中有想使欧洲皈依佛门的佛教徒，有托尔斯泰的追随者，还有其他信仰的信奉者。我们这些圈子里的人会倾听，但并不接受这些学说，而只是把它们视作隐喻。对我们这些带有印记的人来说，构建未来并不是我们的职责。在我们看来，所有的信仰、所有的救世说早已提前死亡，失去效力。我们当中的每个人都能完全成为自己，都能契合自己内心萌发的自然之芽，都能坦然接受未知的未来为我们安排的一切。这些是我们唯一的职责和命运。

因为大家都心照不宣，我们每个人都清楚地感觉到，这个时代的毁灭与重生已经近在眼前。有时候，德米安会这样对我说："即将来临的事物是无法想象的。欧洲的灵魂是一只被束缚已久的野兽，一旦获得自由，它最初的行动肯定不会招人喜欢。长期以来，我们一直在不断欺骗、蒙蔽它。当它的困境真正显现的时候，康庄大道还是旁门左道已经无关紧要。接下来就是我们的天地了。那时候，社会将需要我们，不是做他们的引路人或新的立法者——我们不会再去制定新的法则——而是作为志愿者,作为随时准备追随、支持、听从命运差遣的人。你看吧,当理想受到威胁时,所有人都会做出一些令人难以置信的举动。可是,当一种新理想、一种或许有些可怕的成长冲动轻轻叩门时,人人都选择了退缩。此时,仍在坚守、仍愿同行的少数人,那就是我们了。我们之所以被刻上了印记——就像该隐被刻上了印记一样——就是为了激起恐惧和仇恨,就是为了将人们从狭窄的田园赶到危险的旷野。所有在人类发展进程中起过推动作用的人,他们之所以能够成功,正是因为他们无一例外都做好了迎接命运的准备。摩西和佛陀如此,拿破仑和俾斯麦亦是如此。服务于哪种潮流、受到哪一种极端理念的支配,这并不是他能选择的。如果俾斯麦理解、迎合了社会民主党人,那他会成为一个聪明人,但不是一个顺应命运的人。拿破仑、恺撒、罗耀拉[①],所有人都是如此。人必须始终从生物学和发展史的角度去考虑,地表运动逼迫海洋动物走上陆地,陆生动物进入海洋,这就是顺应命运的范例。当闻所未闻的新情况出

[①] 罗耀拉(Ignacio de Loyola,约1491—1556),是天主教耶稣会的创建者,16世纪天主教反宗教改革运动中影响最大的人物之一。

现时，适者才能生存。这些变革者，到底是那些保守、守旧的，还是那些激进、革命的，我们不得而知。但是，他们做好了准备，正因为如此，他们才能够拯救自己的种族，进化到新的发展阶段。这一点是我们知道的。因此，我们大家也做好准备吧。"

夏娃夫人时常参与此类谈话，但她从不这样发表自己的意见。对每个表达自己思想的人来说，她都是一个倾听者、共鸣者，充满了信任和理解，似乎所有的思想都是自她而来，又回归于她。坐在她身边，偶尔听到她的声音，感受她的成熟与灵魂的气息，对我来说，已经很幸福了。

只要我的心中出现哪怕一丝波动、疑惑或是任何创新时，她立刻就能觉察。在我看来，我做的梦似乎都是源自她的启示。我常常向她讲述这些梦境，她完全可以理解，从来没有什么古怪的内容令她困惑。有一段时间，我的梦总是在重现我们白天的谈话。在我的梦中，整个世界处于动荡之中，而我，或独自一人，或与德米安一起，等待着伟大命运的到来。命运蒙着面孔，却呈现出夏娃夫人的某些特征——被她选中或是摒弃，这就是命运。

有时，她微笑着说："你的梦不是完整的，辛克莱，你遗忘了最精彩的东西。"有时也会出现这种情况，我会又想起一些东西，但无法理解自己怎么就忘记了的。

偶尔我会感到非常沮丧，深受欲望的折磨。我觉得自己再也无法忍受这一切，与她近在咫尺，却无法将她拥入怀中。这种时候她也会立刻察觉。其间我很多天没去找她，最后又惘然若失地回来了。她让我坐在她的身边，对我说："你不能沉迷于你自己都不相信的愿望当中。我知道你想要什么。你必须放弃那些愿望，或是全心全意、准确无误地去向往它们。如果你能够确信它们必定会实现，那么你的这些愿望就会达成。你现在又希望，却又后悔，而且同时又害怕。你必须克服这一切。我给你讲个童话故事吧。"

她给我讲了一个少年爱上星星的故事。少年站在海边，伸出双手，向那颗星星朝拜，他对它日思夜想。可是，他知道，或者是自以为知道，一个普通人是无法将星星拥入怀中的。毫无希望地爱上一颗星星，他将这视为自己的命运。怀抱着这种想法，他将自己的生活包裹在放弃、沉默和忠诚的痛苦之中。这种痛苦令他进取、使他成熟。可是，他所有的梦想还是专注于那颗星星。有一天夜里，他又来到海边，站在一块高耸的礁石上，仰望着那颗星星，心中燃烧着爱情的火焰。

在这一瞬间,他怀揣着无限的渴望,腾空一跃,扑向了那颗星星。但是,在他起跳的那一瞬间,一个念头从他的脑海中闪过:这绝不可能!他就这样摔倒在了悬崖下的沙滩上,粉身碎骨。他不懂得如何去爱。如果在跳起的那一瞬间,他坚定不移,相信自己会成功,也许他就能飞向天空,与那颗星星融为一体。

她说:"爱无须乞怜,也无须索求。爱必须要有内心笃信的力量。这样,爱就不需要被吸引,而是会主动吸引。辛克莱,你的爱正被我吸引着,如果哪一天它能够吸引我时,我就来了。我不想施舍,我想要被征服。"

后来她给我讲了另外一个童话故事。从前有一个男人,陷于无望的爱。他将自己封闭在内心之中,以为自己是在为爱而献身。世界于他而言毫无意义,他看不到蓝天、绿树,听不到潺潺的流水声、澄澈的竖琴响,一切都被遗忘,他变得穷困潦倒,但心中的爱意却愈加强烈。他宁可死去,宁可化为灰烬,也不愿意放弃对那位美丽女子的追求。他觉得,爱的火焰焚毁了他心中的其他一切东西。他的爱会变得无比强大,会不断吸引着那位美丽的女子向他走来,他张开双臂,把她拉到了自己身旁。但是,当她站在他的面前时,她就完全变了模样。他惊讶地发现，他迎来的是曾经遗忘的整个世界。她站在他面前，把自己交给他，天空、树林、溪流，一切都焕然一新，带着新鲜、美妙的气息朝他迎面走来，隶属于他，诉说着他的语言。他不仅仅是赢得了一个女人，而是心中拥有了整个世界。天空中的每颗星辰都在他的心中发光，快乐也在他的灵魂中闪耀。他爱过，并在其中找到了自我。但大多数人却因为爱情而迷失了自我。

在我看来，对夏娃夫人的爱似乎就是我此生的唯一追求。她每天看起来都不一样。有时候，我确信自己痴恋的并非她本人，而是我内心的一个象征，它引领着我走向内心的更深处。我常常会从她的口中听到这样一些话，这些话听起来就像是我的潜意识在解答那些牵动我内心的急切问题。可是有时候，我就在她的身旁，内心的欲火熊熊燃烧，让我忍不住去亲吻那些她抚摸过的东西。渐渐地，精神与肉体的爱、现实与象征彼此交融。又有些时候，我会在自己的房间里想念她，全神贯注，想象自己牵着她的手、亲吻她的嘴。或者我就在她的身旁，凝视她的脸，与她交谈，听着她的声音，却分不清这是梦境还是现实。我慢慢懂得，人如何才能获得持续、永久的爱情。在读一本书的时候，我又有了新的体会，那感觉正如夏娃夫人的一个热吻。她轻抚着我的头发，朝我露出了微笑，她的微笑散发着成熟的魅力。这种感觉就像我在自己的内心又向前迈出了一步。想象她的身影，对我来说就是命运攸关的事。她会幻化成我的每一道思绪，我的每一道思绪也都会幻化成她。

圣诞节来临，我得与父母一起度过。我本来担心，这一定会让我备受煎熬。因为，我不得不离开夏娃夫人两个星期之久。然而，我并没有感到痛苦，待在家里，思念着她，这感觉其实非常美妙。我无须当面见到她，就能确切地感受到她的存在。回到H城后，我在自己家里待了两天，而没有去见她，为的就是享受这种不依赖于她感性存在的独立感。我还做了几个梦，在这些梦中，我与她的结合方式出现了新的意象：她是一片大海，而我是奔流而入的江河。她是一颗星星，而我自己则是不断向她靠拢的另一颗星星，我们相遇并相互吸引，我们相伴并永远紧紧地环绕着对方，划出绚丽的幸福光环。

当我再次见到她的时候，我向她讲述了这个梦境。

她平静地说："这个梦很美好，让它变为现实吧！"

早春时节，让我永生难忘的一天终于来临。我走进了客厅，一扇窗户敞开着，清风带着风信子浓郁的花香穿过整间屋子。因为一个人都没有见到，所以我拾级而上，走向德米安的书房。如平日一般，我轻叩房门，未等应答便走了进去。

房间里很暗，所有的窗帘都拉上了。通往小套间的那扇门开着，那里被德米安布置成了一个化学实验室。明媚的春光穿透乌云从那里照射进来。我以为房间里没有人，于是拉开了窗帘。

这个时候，我看到德米安一动不动地蜷缩在窗边的一个小凳子上。一个念头突然闪过我的脑海：我见过这个场景啊！他的手臂纹丝不动地垂放着，两手放在膝间，脸部微微前倾，双眼圆睁，目光呆滞，死气沉沉，毫无生气的眼睛里闪烁着一道耀眼的微光，就如同从一块玻璃里反射出来的一样。那副苍白的面孔上写满了沉思，除了异常僵硬之外，没有任何表情，宛如寺庙大门上古老的动物面具。他看起来仿佛停止了呼吸。

昔日的记忆让我不寒而栗——没错，我见过这样的他，很多年前，当我还是个孩子的时候。当时，他也是这样，目光投向内心深处，双手无力地摆放在身旁，丝毫没发觉脸上有只苍蝇在游走。大概六年前，他就如现在一般，脸上没有一丝岁月的痕迹,脸上细小的皱纹也毫无变化。

一阵恐惧迎面袭来,我蹑手蹑脚地走出房间,来到了楼下。我在客厅里遇见了夏娃夫人。她脸色苍白,似乎有点疲惫,我从未在她身上见到这种情况。一片阴影掠过窗户,耀目的阳光忽然消失了。

"我刚刚去过马克斯那里,"我急切地轻声说道,"发生什么事情了?我不知道他是睡着了还是在发呆,我曾经见过他这样。"

"你没叫醒他吧?"她急忙问道。"没有。他没有听见我,所以我又立刻退出来了。夏娃夫人,请您告诉我,他怎么了?"

她用手背扶着额头。

"放心吧,辛克莱,他没事,他只是回归到了自己的内心,很快就没事了。"

她站起身,走到了花园里,尽管外面已经开始下雨了。我觉得,我不应该与她同去,所以独自在客厅里踱来踱去,嗅着风信子令人沉醉的芳香,凝视着挂在门上方的雀鹰图,体会着这所房子里少有的压抑感,今天早上,这种感觉就笼罩着整栋房子。这是怎么一回事?究竟发生了什么?

夏娃夫人很快回来了。黑色的头发上挂着雨滴。她坐到了靠椅上，看起来筋疲力尽。我走到她的身旁，弯下身子，吻了吻她头发上的雨滴。她的眼睛明亮而又平静，可我亲吻的雨滴尝起来却是泪水的味道。

"要我去看看他吗？"我轻声问道。

她无力地笑了笑。

"你已经不是小孩子了，辛克莱！"她大声劝诫道，那语气仿佛是要打破自己心中的禁令一样，"你先回去吧，晚些时候再来，我现在没法跟你交谈。"

我跑着离开了那栋房子，没有回到城里，而是走向大山。斜风细雨扑打在我的脸上，乌云低垂，像是满腹恐惧。低处没有一丝风，但空中似乎却是阴风怒号。惨白的太阳时不时地穿透灰色的云墙，露出炫目的光芒。

突然，一朵柔软的黄色云彩飘过天空，它与灰色的云墙狭路相逢，纠缠在了一起。不一会儿，在风的作用下，黄色与灰色的云朵交汇到了一起，形成了一只巨大的鸟儿，它挣脱那片混沌，振翅高飞，消失在天空之中。之后，狂风呼啸，雨滴伴随着冰雹噼啪作响，一阵短促而又骇人的雷声响彻大地。紧接着，又有一道阳光穿过乌云射向大地，附近山上覆盖着褐色森林的白色积雪，闪耀着惨淡虚无的光芒。

几小时之后，湿淋淋的我又回来了，德米安亲自为我开的门。

他把我带到了楼上他的房间，实验室里燃着一盏煤气灯，到处散落着纸张，他好像刚刚工作过。

"坐吧。"他示意道，"你一定累了，今天的天气太糟糕了。可以看得出来，你在外面待了很久，茶马上就来。"

"今天确实发生了一些事情。"我迟疑地说，"不仅仅是这点暴风雨。"

他若有所思地看着我。

"你看到什么了吗？"

"嗯，有一瞬间，我在云里清楚地看见了一幅画。"

"什么样的一幅画？"

"一只鸟。"

"那只雀鹰吗？是它吗？是你梦中的那只鸟吗？"

"对，是我的那只雀鹰。它是金黄色的，巨大无比，飞入了深蓝色的天空。"

德米安深深地松了一口气。

这时有人敲门，年迈的女仆把茶端了进来。

"喝茶吧，辛克莱。我觉得，你并不是偶然看见这只鸟的吧?"

"偶然?有人会偶然看到这种东西吗?"

"是的,不会。它一定具有某种含义。你知道是什么吗?"

"不知道。我只是能感觉到,它意味着一种震动,意味着命运的律动。我相信,它与我们每个人都息息相关。"

他激动地在房间里走来走去。

"命运的律动!"他高声喊道。

"昨天夜里,我也梦到了相同的场景。昨天,我母亲也有同样的预感。在梦里,我沿着梯子往一棵树干或是一座塔楼上爬去。爬上去之后,我看到了整个大地,那是一片广袤的平原,平原上的城市和乡村都陷入了熊熊烈火之中。现在我还没办法完全描述出来,我自己也没有完全搞清楚。"

"你认为这个梦是针对你的吗?"我问道。

"针对我?当然了,没有人会做与自己无关的梦。但你说得对,它不只与我有关。我将自己的梦精确地分为两种类型,一类指明我灵魂深处的波动,另一类则十分罕见,昭示了整个人类的命运。这种梦我很少做,而那种能预知未来并且得以实现的梦,我从未有过。其中的含义太过模糊,但我确信,我梦到的东西不仅仅与我个人相关。这个梦与我之前做过的梦是一体的，是它们的延续。辛克莱，之前，我跟你提到过一些我的预感，而这些梦正是那些预感的来源。我们知道，这个世界正在腐朽不堪，但这并不意味着它会毁灭。但是多年来，有些东西我一直会梦到，我从中推断出或感觉到，旧世界的消亡正在一点点临近。起初这种预感很微弱、很遥远，但现在，它们却越来越明显、越来越强烈。我只知道，一些可怕的大事即将发生，其他的我一无所知。辛克莱，我们曾经谈论过的那些事情，我们必定会亲身经历！这世界即将改变，它散发着死亡的气息，没有死亡何来新生——这比我想象的还要可怕。"

我吃惊地凝视着他。"你不能把梦中的其他内容也告诉我吗？"我小心翼翼地请求他。

他摇了摇头："不能。"

门开了，夏娃夫人走了进来。

"你们怎么就这么坐着啊！孩子们，你们不会是在伤心难过吧？"

她看起来神采奕奕，之前的疲惫一扫而光。德米安对她笑了笑，她朝我们走了过来，像是母亲走向受到惊吓的孩子一般。

"母亲,我们不是在难过。我们只是在随便猜测一下那些新的预兆。不过,无所谓了。该来的终究会突如其来地出现,那时候,我们需要知道的也就有了答案。"

但我的心情却很糟糕。我跟他们告了别,然后独自穿过客厅。这时,我嗅到了风信子枯萎、衰弱、死亡的味道。一道阴影仿佛笼罩在我们的头顶。

终点也是起点

我终于征得父母的同意，在H城再待一个夏季学期。我们几乎整天都待在河边的花园里，而不是留在屋里。那个日本人离开了，他彻彻底底地输掉了那场和德米安的摔跤比赛。那个托尔斯泰信徒也不再来了。德米安养了一匹马，每天不知疲倦地骑练。我常常与他的母亲两个人在一起。

这样平静的生活，有时候连我都会感到惊讶。长久以来，我习惯了独处，习惯了放弃，习惯了在痛苦中独自挣扎。所以在H城的这几个月里，我仿佛置身于梦幻之岛，生活惬意，环境美妙，心情舒畅。我朦胧觉得，这就是我们设想的那个理想社会的序曲，那种崭新的、更为崇高的联合体。一股强烈的悲伤不时中断这种幸福感，袭扰着我的内心。因为我知道，它不会持久。我没法满足而且惬意地生活，我需要痛苦和磨难。我心想，终有一天，我将会从这美好的爱之幻境中苏醒，孤苦伶仃，生活在一个冷漠的世界里。我所拥有的，只有孤独和抗争，没有和平、没有同伴。

所以，我总是含着双倍的柔情依恋在夏娃夫人身边，命运中曾经拥有这份美好、静谧，已经令我深感欣慰。

夏季学期转瞬即逝，很快便接近了尾声。离别的时刻即将来临，我不愿意去想，也没有去想，而是像蝴蝶眷恋花蜜般拥抱这美好的光阴。这就是我现在的幸福时光，我的人生价值第一次得到了实现，我终于被一个团体所接纳——之后将会发生什么？也许我又将历尽艰辛，饱受相思之苦，怀揣梦想，孑然一身。

有一天，我突然强烈地感觉到，对夏娃夫人的爱如此高涨，让我备受煎熬。上帝啊，很快我就再也见不到她，听不到她那美妙而坚定的脚步声，也看不到她放在我桌子上的花束！我做出了什么努力呢？我只是迷醉于梦里，在惬意中沉沦，而没有去争取她、为她奋斗、将她永远拥入怀中。她对我说过的有关真爱的话语，此刻突然在我的脑海中回荡，千言万语，是微妙的劝告，是轻柔的诱惑，亦可能是承诺——而我做了什么呢？

没有！什么都没有！

我站在房间的中央，把自己全部的意识都倾注到对夏娃夫人的思念上。我要集结我全部的精神力量，让她感受到我的爱，将她吸引到我的身边来。她一定会来，她一定渴望着我的拥抱，我的热吻必定会贪婪地落在她那成熟的嘴唇上。

我站在那里，全神贯注，直至四肢冰冷。我觉得力量正从我的体内逐渐流失。片刻之间，我感到心中有些东西在收缩、积聚，明亮而清凉，我忽然间感觉到心中仿佛有一块晶体，我明白，那就是自我。寒意在我身上游走，一直逼到了胸口。

从这可怕的紧张感中醒来之后，我觉得有什么事情将要发生。我已经筋疲力尽，却做好了迎接夏娃夫人踏入这个房间的准备，我感到迫不及待、兴高采烈。

远处的街道上传来嗒嗒的马蹄声，声音越来越近，越来越清晰，接着便戛然而止。我跑到窗户旁。德米安从马上跳了下来。我急忙跑了下去。

"出什么事了？德米安，你母亲没事吧？"

他没有回答我，他脸色苍白，额头上的汗珠顺着脸颊流淌下来。他把缰绳拴在花园的栅栏上，抓住我的手臂，同我一起沿着街道走下去。

"你已经知道些什么了吗？"

我什么都不知道。

德米安拉着我的胳膊，把脸转向了我，目光阴沉，充满同情，又很古怪。

"是的，我的小伙子，已经开始了。你知道我们和俄国的紧张关系吧……"

"什么？要打仗了吗？我一直不敢相信。"

周围没有人，可他还是压低了声音。"还没有宣布，但战争已经开始了。相信我吧，我后来没拿这件事情去烦扰你，但是到目前为止，我已经三次看到了预兆，即将发生的并不是地球毁灭、地震或者革命，而是战争。战争的后果如何，你会看到的！大家会很高兴，现在每个人都期待着开战，生活于他们而言太过乏味无聊——但是辛克莱，这只是个开始，或许这将是一场大战，一场浩大的战争。但这也仅仅是个开端，新时代就要到来了。对那些故步自封的人来说，这是个惊心动魄的开端。你有什么打算？"

我感到无比震惊，在我看来，这一切是那么陌生，那么不可思议。

"我不知道。你呢？"

他耸了耸肩:"只要开始动员,我就去应征入伍。我是少尉。"

"你是少尉?我怎么从来没听你提过?"

"对啊,这是我顺应这个世界的一种途径。你知道的,我从不喜欢引人注目,可是为了努力争取,我还是花了许多心思。我想,八天后我就要上战场了……"

"天啊!"

"好了,小伙子,你不用为此感伤,指挥别人去射杀活生生的人,这其实一点也不会让我开心。但这是次要的,如今我们每个人都会被卷入这个巨轮之中,你也不例外,你肯定也会被征召入伍的。"

"那你母亲呢,德米安?"

这个时候,我才想起了一刻钟之前发生的事情。这个世界真的是瞬息万变啊!我凝聚所有力量来召唤心中最美好的景象,可是现在命运却戴着一副骇人的面具凝视着我。

"我母亲啊,你不用为她担心。她比这个世界上的任何一个人都要安全——你这么爱她吗?"

"德米安,你知道了?"

他放声大笑:"傻小子!我当然知道了。只要喊我母亲'夏娃夫人'的小伙子，就没有不爱上她的。哦，对了，你今天是不是呼唤过我或是她？"

"对，我呼唤过——我呼唤过夏娃夫人。"

"她感应到了。她突然打发我来找你，我刚刚正告诉她有关俄国的消息。"

我们转身回家，没有再多聊什么。他解开了拴马的缰绳，骑了上去。

回到楼上的房间之后，我才发觉自己有多么疲惫，因为德米安带来的消息，更多的是因为先前的紧张。但是夏娃夫人真的听到我的呼唤了！我用自己的意念与她取得了联系。她原本是要亲自来的——如果不是——这一切是多么神奇、多么美好啊！现在战争就要打响。我们之前反复谈论过的事情就要发生了。对此，德米安早有预料。现在世界的潮流不再与我们擦肩而过——它突然贯穿我们的内心，冒险和强烈的命运在呼唤我们，世界需要我们，改变自己的时刻现在或不久就要来临，多么不可思议啊！德米安说得很有道理，不必为此感伤。奇特的是，我要与这么多人、与整个世界一同经历如此孤独的事件——"命运"，这样也好！

我已经做好了准备。当天夜里，我走过城里，大街小巷群情激奋。所有的角落里都回荡着"战争"一词!

　　我来到夏娃夫人的家里,我们在小花园里享用晚餐。我是唯一的客人。我们对"战争"二字闭口不谈。天色已晚,正当我准备离开之时,夏娃夫人说道:"亲爱的辛克莱,你今天呼唤我了。你知道我为什么没有亲自赶过来。但请你一定不要忘记:你现在已经拥有了呼唤的能力,每当你需要某个带有印记的人,那么你就这样呼唤吧!"

　　她站起身来,走进了黄昏中的花园。带着神秘的气息,她走在寂静的树林间,高大而华贵,群星在她的头顶上闪烁着柔和的微光。

　　我的故事即将结束。所有的事情都发展得极为迅速。战争很快便开始了,德米安穿上了银灰色的制服,看起来十分陌生,他离开了这里,奔赴战场。我将他的母亲送回了家里。不久之后,我也前去向她道别,她吻了吻我的嘴唇,将我拥入怀中,凝视着我,目光热烈而又坚定。

　　忽然之间,似乎所有人都变得情同手足。他们满口祖国和荣誉,但这只是他们在转瞬间看到的命运面纱背后的脸。年轻人走出兵营,登上火车,我在许多人脸上看到了一个印记——与我们的不同——是一种美丽而庄严的印记，象征着爱与死亡。我也被素未谋面的陌生人拥抱过，我能理解，也积极去回应这种拥抱。这些行为并非命运的意志，而是在迷离恍惚之际发生的，但这种恍惚是神圣的，因为它使所有人向命运之眼投去了短暂的、觉醒的一瞥。

当我到达战场的时候，冬日已悄然而至。

尽管两军交火激烈，可我一开始对一切都感到失望。从前，我曾多次思考过，为什么几乎没有人能够为了一个理想而生活。现在我看到许多人，甚至是所有人可以为了一个理想而死去。但它不是个人的、自由的、可选择的理想，而是一个集体性的、得到承认的理想。

随着时间的流逝，我却发现自己低估了人的力量。虽然服役和共同的危险把他们变得千人一面，但是我看到了许多活着和即将死亡的人表现出色，奔向命运的意志。很多人不只在战场上，而是在任何时候都目光坚定、深远，似乎有些着魔。这种目光没有目的，它意味着毫无保留地投身于巨大的恐怖之中。不论他们相信什么、有何用意、追求什么，他们都做好了准备，他们是可用之才，他们可以塑造未来。似乎这世界越是固执于战争、英雄、荣誉和理想，虚假人性的呼声就越遥远、越难以置信。这一切只是表象，正如对战争的外在目标和政治意图的发问也只是停留在表面。一些东西正在深处形成，比如新的人性。因为我看到过许多人，其中一些就死在我身旁——他们深切体会到，仇恨与愤怒、杀戮和毁灭同那些对象并不相关。不，那些对象和目的一样，完全是偶然的。原始的情感，甚至最野性的情感都是不针对那位敌人的，他们的杀戮行为只是内心的迸发，是破碎的灵魂的迸发，它想要怒吼、杀戮、毁灭、死亡，以获得新生。一只巨大的鸟儿正奋力破壳而出，这枚蛋就是世界，而这世界必将化为废墟。

初春的某个晚上，我在一处农庄站岗，风儿时缓时急。广袤的天空中，云团徐徐飘过，月亮影影绰绰地躲在云朵背后。那天我心中有些不安，站在夜色中的岗位上，我回忆起生命中的一些意象，想到了夏娃夫人，想到了德米安。我靠着棵白杨树，呆望着云朵绵延的天空，明暗不定的云团忽然生成一些生动的图像。我感到自己的脉搏微弱，皮肤对风雨的感觉迟钝，但我心里保持着几分清醒，感知到周围有一位引路人。

云层中能看到一座大城市，密密麻麻的人从中涌出，簇拥着散布到广阔的原野上。他们当中显现出一位神明，她的发间闪烁着星光，身形高大，好似一座山峰，相貌与夏娃夫人相像。人群消失在她体内，就像被吸进了一个巨大的洞穴，失去了踪迹。这位女神蜷缩着身体蹲在地上，额间的印记闪闪发光。仿佛被一个梦境支配着，她紧闭双眼，那张庞大的脸庞因痛苦而扭曲。突然她大叫一声，无数颗璀璨的星星从她的额间迸发出来，在黑暗的天空中划出一道道美丽的弧线和半圆形。

其中一颗星星朝我呼啸而来，仿佛在寻找我——然后它咆哮着绽开，形成了无数的火花，它将我抛向空中，又摔到地上，我头顶的世界轰然坍塌。

有人在白杨树的旁边找到了我，而我的身上满是泥土和伤口。

我躺在一个地下室里，上面的枪炮声不绝于耳。我躺在一辆车里，颠簸着穿过空旷的田野。大多数时候，我都在沉睡或是昏迷。但是我睡得越深，就越强烈地感受到有什么在指引着我，我追随着一种力量，它是我的主宰者。

我躺在马厩里的草垛上，夜色漆黑，有人踩到了我的手。但是我的内心却想继续前行，愈加强大的力量牵引着我离开。

然后我又躺在一辆车上，再后来在担架或是梯子上。我越来越强烈地感觉到有人命令我去向某处，在我的心中，只有一个声音，就是要到那里去。

我终于到达了目的地。那已经是夜里，我神志清醒，强烈地感受到了内心的那股引力和欲望。现在，我睡在一个大厅里，被安置在地板上，感觉已经身处召唤自己的地方。我环顾四周，紧挨着我的床垫旁边还有一个垫子，上面躺着一个人，他撑起身子，然后看着我。他的额头上也有印记，是德米安。

我无法开口，他也不能或是不想说话，只是凝视着我。他头顶的墙上挂着一盏信号灯，灯影落在他的脸上，他朝我笑了笑。

他一直盯着我的眼睛，看了许久，然后慢慢地把他的脸移向我，直到我们几乎贴到了一起。

"辛克莱！"他轻声叫道。

我用眼神向他示意，告诉他，我明白了他的意思。

他又笑了笑，几乎是有些同情的微笑。

"傻小子！"他笑着说。

他的嘴巴几乎要贴上了我的嘴巴。

他继续轻声说："你还记得弗朗茨·克罗默吗？"

我朝他眨了眨眼睛，我也还能笑得出来。

"小辛克莱，听着！我必须得走了，你可能还会需要我，来对付克罗默或是其他人。当你再呼唤我的时候，我不会再这样冒冒失失地骑着马或是坐着火车赶来了。你必须去倾听心底的声音，然后你就会发现，我就在你的心里，你明白吗？——对了，夏娃夫人说过，如果你过得不好，让我将她给我的吻转交于你……闭上眼睛，辛克莱！"

我顺从地闭上了双眼，感觉到一个轻柔的吻落在我的唇上。我的嘴唇上一直流着血，而且未见减少。后来，我便睡着了。

隔天早晨有人叫醒了我，我的伤口需要包扎。完全清醒过来之后，我翻身转向了旁边的床垫。那上面躺着一个我从未见过的陌生人。

包扎的时候，伤口很痛。那之后发生的一切，都让我痛苦不已。但是，有些时候，我会找到那把钥匙，遁入自己的内心。命运的愿景就潜藏在一面幽暗的镜子里沉睡不醒，我只需俯身凝视那面幽深的镜子，便可以看到我自己的影像。现在它与那个人如此相像，他——德米安，我的挚友，我的引路人。